ハヤカワ文庫SF

〈SF2146〉

宇宙英雄ローダン・シリーズ〈554〉

致死線の彼方

クルト・マール&ウィリアム・フォルツ

新朗 恵・星谷 馨訳

早川書房

8065

PERRY RHODAN
JENSEITS DER TÖDLICHEN GRENZE
STURZ AUS DEM FROSTRUBIN
by
Kurt Mahr
William Voltz

Translated by
Megumi Arou & Kaori Hoshiya
First published 2017 in Japan by
HAYAKAWA PUBLISHING, INC.
This book is published in Japan by
arrangement with
PABEL-MOEWIG VERLAG KG
through JAPAN UNI AGENCY, INC., TOKYO.

目次

致死線の彼方

致死線の彼方

クルト・マール

登場人物

ペリー・ローダン……………………………銀河系船団の最高指揮官
アトラン……………………………………アルコン人
エリック・ウェイデンバーン…………スタック提唱者
タウレク……………………………………彼岸からきた男
ニッキ・フリッケル
ナークトル
ウィド・ヘルフリッチ
}…………………《ラカル・ウールヴァ》乗員
ジェルシゲール・アン…………………シグリド人艦隊の司令官
カルサナル・ズー………………………シグリド人。《ボクリル》技師
ブルーク・トーセン……………………“デポ”の意識断片

1

「アルマダ牽引機です」と、《バジス》船長ウェイロン・ジャヴィアがつぶやいた。

探知スクリーンに八つのリフレックスがあらわれる。走査機が未知の飛行物体を分析し、直方体の形成物と判明した。グーン・ブロックと呼ばれるもので、今までに目にした一部分の例から推測すると、無限アルマダにおける標準の駆動システムである。さまざまな大きさのものが、無限アルマダの艦船に、ありとあらゆる配置で装備されていた。自立したロボット制御部隊をつくっており、アルマダ艦が救助を要する場所ならどこへでも行って、牽引機の役目をはたすのだ。

ペリー・ローダンは、不安そうに顔をしかめた。

「二十光秒まで接近を許そう」スクリーンから目をはなさずに、決定をくだした。「そこで警告を発する」

「警告など聞かないだろう」と、タウレクが口をはさむ。両目とも健康そのものなのに、なぜか〝ひとつ目〟と自称していた。虎を思わせるその黄色い目を光らせて、「あの八機はアルマダ中枢の計画の一部として動いているのだから」

宇宙ハンザと自由テラナー連盟が共同で提供した二万隻からなる銀河系船団は、フロストルービンの前庭にいた。〝自転する虚無〟のまわりを漂う数百万の宇宙の瓦礫《がれき》が、コンピュータ処理された映像でうつしだされる。その前方には無限アルマダに所属する七万隻の部隊が、後方にも十八万隻のほかのアルマダ艦がひかえている。《バジス》と銀河系船団にのこされた道は、死を意味するこの境界線を……自転する虚無の縁を、こえることのみ。銀河系船団をこの状況へ導いたのはローダン自身だった。七万隻の強大な艦隊が唐突にあらわれたとき、未知なる無限アルマダの最高指揮官に交渉を願いでたのだが、無限アルマダの〝心臓〟ともいえるアルマダ中枢は、交渉するつもりはないことと、銀河系船団に関連する諸計画について伝えてきた。タウレクがいったのはこのことだ。

「アルマダ中枢がなにを計画していようと、かまわん」ローダンは淡々と応じた。「わたしは一定の行動規範にしたがわなければならない。そのときどきに応じて行動するだけだ」

毎回、テラナーの決断を嘲笑してきたタウレクだが、こんどは沈黙を守った。八機のアルマダ牽引機は一定の速度で接近してくる。司令コンソールから操作できるハイパーカムは、アルマダ艦が通信目的によく使う周波、一一八・三メガヘフに合わせてある。ローダンは光るマイクロフォン・リングを引きよせ、首にかけたちいさなトランスレーターのスイッチを入れた。

「二十光秒」ウェイロン・ジャヴィアが知らせた。

「こちらはペリー・ローダン、銀河系船団の代表だ」トランスレーターがアルマダ共通語に訳す。多数種族からなるアルマディストたちの意思疎通に使われている言語だ。

「われらが船団に接近中のアルマダ牽引機八機は、二分以内に目的を述べよ。応答なき場合、受理しがたい目的の場合は、実力行使する」

メッセージは録音され、一定間隔でくりかえされた。トランスフォーム砲の砲台が、二分後の八機のポジションへ向けられた。現在ポジションからこちら側に数千キロメートル近づいたところになる。

のこりあと二十秒になったとき、アルマダ共通語のメッセージを受信した。その声を聞いて、ローダンは驚いた。トランスレーターがこう訳す。

「わたしはアルマダ中枢の使者。われわれ、平和的目的で接近しています。いかなる防御も攻撃とみなし、反撃します」

ローダンは周囲を見まわし、ウェイロン・ジャヴィア、タウレク、ジェン・サリクの表情から、かれらも声の主を識別したと確信した。

その声は狂信者、エリック・ウェイデンバーンのものだった。

＊

「ウェイデンバーン、顔を見せるのだ」ローダンはきびしい声で告げた。「直接、話したい」

受信機は沈黙したままだ。

「最後の警告だ、ウェイデンバーン。意図を述べよ。さもなくば、粉砕する！」

スクリーンが光り、ウェイデンバーンの映像があらわれた。一同はその姿を凝視した。

「アルマダ牽引機をはなれたところに置いて、ひとりできてくれ」と、ローダン。「頭の上の、それはなんだ？」

不要な問いであった。だれもがむらさき色のアルマダ炎を知っているのだから。無限アルマダのメンバーは、どのような姿かたちであれ、そのからだのもっとも高いところの上方二十センチメートルほどの場所に、テニスボール大の光る炎をそなえている。

「わが身分を保証する印章です」エリック・ウェイデンバーンは誇らしげだ。「わたしはアルマダ印章船に行き、そこで炎を授けられ、アルマディストとなりました」

アフロテラナーの肌と奇妙なコントラストをなす青い大きな目が、狂信的な炎をはなつ。髪の色も、黒い肌には似合わない。淡褐色で柔らかくウェーヴし、ほどよい長さにカットされている。身長は一・八メートルあるが、ひどく痩《や》せているため虚弱に見える。明らかにサイズの大きい、着古しの宇宙服を好むせいで、服装が外見の貧弱さをカバーすることもない。

たしかに、エリック・ウェイデンバーンの外見は印象が薄かった。青い目に燃えあがる炎を見た者だけが、外見からは予想もつかない力がこの男にひそんでいることを予感するのだ。

「聞こえただろう」ペリー・ローダンはくりかえした。「アルマダ牽引機をはなれて、ひとりでくるんだ」

ウェイデンバーンはうなずいた。ローダンが通信を切断しようとすると、黒い肌の男はまた口を開いた。

「わたしがそちらへ行くのは」柔らかな声だ。「銀河系船団の指揮権をわたしていただくためです。それがアルマダ中枢の望みなので、ペリー・ローダン」

スクリーンが消え、司令コンソールは重苦しい沈黙につつまれた。唐突にタウレクが笑いだした。肉食獣の目があざけるように黄色く光る。

「きみの地位は競争相手を引きよせるのだな。明かりに群がる蛾のごとくだ、テラナー」と、大声でローダンに呼びかける。「最初にわたしがきて、指揮権を引きうけるといった。こんどはウェイデンバーンというわけか」

ローダンはすごみのある笑みを浮かべ、

「せいぜい競争しろ」と、いった。「勝ったほうがわたしを追いだすがいい」

*

乗り物をはなれてひとりで《バジス》に乗船しろ、というローダンの要求をウェイデンバーンがのんだのは、警戒すべきサインだった。要求にしたがったのはおじけづいたからではなく、みずからの優勢を知ってのこと。かれの合図ひとつでアルマダ牽引機を動かすことができるのだから。そこに何千人のアルマディストが乗りこんでいるか、わかったものではない。

ウェイデンバーンを迎えたとき、ローダンはタウレクとジェン・サリクを同伴していた。黄色い目の男は、重要な場にはすべて同席する習慣になっている。ローダンもそれを拒まない。タウレクはコスモクラートの使者と名乗っていた。その使命も目的も相《あ》いかわらず定かではないが、同じくコスモクラートの使者だったカルフェシュがタウレクの素性を認めている。非常にすぐれた技術を使えることもあり、タウレクは《バジス》の重要な一員となったのである。味方につけておいて損はない、と、ローダンも考えていた。

「きみが指揮権をわたせと冗談をいった件についてだが、どういうことだ?」ローダンがまず口火を切った。

「冗談ではないのですよ、ペリー」ウェイデンバーンはあきれて首を振る。「銀河系船団を無限アルマダに組み入れれば価値ある進展をなしとげられると、アルマダ中枢は考えています。編入を考えて、敵対行為はいっさい排除しているのです。銀河系船団はアルマダ部隊へとランクがあがり、指定のポジションに配置される。乗員はそれぞれに対応した思想教育を受けたあと、アルマダ印章船でアルマダ炎を授与される。そのあいだはわたしがあらたな部隊の指揮をとります。あとのことは不明ですが」

「アルマダ中枢とは、なんなのだ?」ローダンが真顔になる。

「無限アルマダの司令本部です。すべての指示、命令、決定がそこでなされます。アルマディストのあいだでは、そこに太古のアルマディスト、オルドバンがいるとの言い伝えがあります。無限アルマダのはてしない旅を最初から知っている存在だとか。ただ、実在するかどうかは、だれにもわかりません」

「アルマディストのところはどうだった?」ジェン・サリクがたずねた。

「好意的に迎えられました」と、ウェイデンバーン。「わたしが人類最初の無限アルマダのメンバーだといったとき、あなたたちは本気にしませんでしたが、かれらはちがいました。わたしを印章船に連れていき……」

「印章船とは、どんなものだ？」

「いえません」

「おぼえていないのか？」

「話せないのです」

「きみの支持者たちはどうなったんだ？　スタック奨励サークルの十万人は？」

ローダンを見つめる青い大きな目に不安がにじみでた。

「印章船にいます。無限アルマダのメンバーという役割をになえるよう、準備しているでしょう」と、ウェイデンバーン。だが、先ほどまでの自信にあふれた声ではない。

ローダンはウェイデンバーンの頭のなかを探ろうとした。嘘をついているとは思わなかったが、本当のところは支持者たちの行方を知らないようである。印章船にいることを願っているだけで、確信はないらしい。

心理的にここを突くべきであろう。ウェイデンバーンは、そうふるまっているほどには任務の正当性に確信を持てないでいる。後方にひかえる巨大艦隊の優勢は心得ているし、アルマディストとしての炎も帯びているが、その心には不安があるようだ。

「きみも知っているだろう、エリック」ローダンは重々しく語りかけた。「わたしはアルマダ中枢の要求には応じられない。第一に、人類の性分がそれを許さないのだ。ほかの者が望んだからといって艦隊をかんたんに引きわたすような司令官は、テラナーにはいない。第二に、法的に不可能だ。わたしは自由テラナー連盟と宇宙ハンザの代理人であって、銀河系船団の所有者ではない。むろん義務だけでなく、一定の権利と全決定権は持っている。船団の作戦を指揮できるし、分別なき敵に対し、最悪の事態には武力行使の命令もくだせる。二万隻の船をそれ相応の値段で売ったとしても、責められることはないだろう。しかし、アルマダ中枢が望むからというだけで、さしだすなど……」そこでかぶりを振って、「どう考えても不可能だ」

「そのくらい、きみにだって考えられただろう」ジェン・サリクはウェイデンバーンを非難した。「アルマダ中枢に、きみがわからせるべき……」

「アルマダ中枢は助言など受けつけません」ウェイデンバーンが苦々しげにさえぎった。「おっしゃるようなことはやってみたのですが、明白な叱責を受けました」

「それで、どうする？」すこしためらったあと、ローダンがたずねた。「われわれ、要求には応じられない。どうなるのだ？」

エリック・ウェイデンバーンはうつむいて答えない。

「猶予はあとどれだけだ？」タウレクが急《せ》かした。

「時間の猶予などありません」ウェイデンバーンが告げた。「アルマダ中枢は要求がすみやかに通ると予期しているので」

ローダンは立ちあがり、決然といった。

「きみのほうは、向こうに助言を伝えられない。わたしのほうは、要求をのめない。アルマダ中枢にあきらめてもらうしかないな」

ウェイデンバーンは顔をあげなかった。

「きみはわたしの客人だ、エリック」と、不死者がいった。「待機していてほしい」

ローダンはジェン・サリクとタウレクを引き連れて出ていった。すでに張りつめた状態の司令室に入る。

「もっと早くにわたしに助言を乞うべきだったな、テラナー」ひとつ目がいいそえた。

「いまとなっては遅すぎる」

ローダンはタウレクをじっと見て、

「ま、楽しみにしていてくれ、黄色い目の男よ」と、つぶやいた。

＊

ローダンはアルマダ中枢との交信確立をジェン・サリクにまかせた。手順のひとつにすぎず、あまり意味はないが、楽観視もできない。相手はとてつもない優勢を誇っている。むずかしい交渉相手だ。何度そんな相手とやりあってきたことか！　ルーワト、オービター、ポルレイター、そしてこんどは無限アルマダ。たいていの場合、こうした優勢な面々は善意から行動しているのだから驚かされる。自分の要求が相手にも有利な結果を生むと確信しているのだ。物質面だけではなく、知性でも相手より優位だと信じて疑わない。だから、交渉相手にはみずからの利益を守る能力などない、と考えるのである。

ローダンは転送機に向かいながら、祖先の罪を思いだし、苦い気分になる。二千年前のこと……人類はフェロン人に自決権を許したか？

自室キャビンに入ると、《バジス》の船載ポジトロニクスを呼びだした。

「あとどのくらいかかる？」と、たずねる。

この秘密に満ちた計算脳と話したのは四時間前のこと。指令をあたえてあるのだ。ハミラー・チューブ自身が考えだした計画にのっとった緊急の任務である。

「あと半時間必要です、サー」からだを持たない声が答えた。「そうすれば、準備は完了です」

「長くかかる作戦になるはずだ」と、ローダン。「一連の準備を要する。完全かつ確実でなければならない。危険度は？」

「境界線をこえることに危険はありません」ハミラー・チューブが説明した。「われわれの理論がまちがっていないかぎり……ですが、それはないと思います。ただ、真の危険は境界線をこえたあとにあります。因果性が失われますから。この問題を解決するまでは、注意深い観察が不可欠になり、時間もかかるでしょう」

ローダンは接続を切ろうとしたが、ふとたずねた。

「エリック・ウェイデンバーンとの会話を聞いていたか？」

「失礼いたしました、サー。あなたがお望みだと考えましたので」

「そのとおりだ。それで、どう判断する？　アルマダ中枢と意見の一致にいたるチャンスはどのくらいだ？」

「本気で訊いているのですか？」ハミラー・チューブは驚きの声をあげた。「その見込みはゼロにひとしいです。あなたもご存じかと」

ローダンはしぶしぶうなずいて、

「わかっている。作業をつづけてくれ、ハミラー」

ローダンは周囲を見まわし、つぶやいた。

「グッキーにフェルマー、近くにいるか？」

シャンパンボトルの栓が飛んだような〝ぽん〟という鈍い音がして、ミュータントふたりがキャビンの奥に実体化する。テレパスのフェルマー・ロイドは、イルトの手をとってともにテレポーテーションしてきた。

「エリック・ウェイデンバーンの思考だが」ローダンが急かした。「なにを読みとった？」

グッキーがしかめ面になり、

「そういわれると思ったよ」と、嘆く。「なんもなし。完全な無だね！」

「メンタル・ブロックか？」

「わかりません、ペリー」テレパスが答えた。「まるで記憶を失ったかのごとく、背景になるものがまったくないので。話していることはその都度、考えています。意識が暗い洞穴みたいで、口を開く直前、そこに思考が浮かびあがるんです。ただ、あの男は嘘はついていません。それだけはたしかです。そもそも、嘘をつく能力がのこっているとも思えません」

「機械ってこと」ネズミ＝ビーバーがつけくわえた。「エリックはアルマディストのとこでロボットに変えられちゃったのさ」

「引きつづき見張ってくれ」ローダンはたのんだ。「状況が変わるかもしれない。過大な要求かもしれないが、わたしのため待機もしていてほしい。じきに重要な作戦会議があり、きみたちふたりが必要だ」

ミュータントふたりは消えた。ローダンはためらったが、私用ハイパーカムのスイッチを入れる。無限アルマダに盗聴されてもかまわない。傍受したところで、会話からはたいしたことはわからないはずだ。

小型スクリーンがアトランの顔をうつしだすと、ローダンは微笑した。

「わが貧しき小屋になんという光栄」アルコン人が皮肉をいった。「緊急時にわたしを思いだすとは、きみはひどい窮地にいるようだ」

ローダンはうなずいて、

「ご推察どおり。あなたの助けが必要です。しばらくこちらへきてもらえないでしょうか？　自室キャビンにいます。転送機コードはご存じのはず」

「要件は？」

「アルマダ中枢からの受け入れがたい要求についてです。交渉は長びくだろうと考え、われわれ、準備しています」ローダンは淡々と告げた。自分を見るアトランの独特の視線に、友はもうお見通しだとわかった。「ジェンがハイパーカム通信を確立しようとしているところです」

「すぐにそちらへ……」と、アルコン人。

「より道をお願いしたいのですが」ローダンは急いでつけくわえた。「途中で《ラカル・ウールヴァ》によって〝三銃士〟を連れてきてください」

「三人ともか？」と、驚くアトラン。

「三人ともです」ローダンは答えた。

＊

「よくわかっている」ローダンは親しみをこめていった。「近い将来、わたしは特別あつかいを非難されるだろう。部下たちは疑問に思うはずだ。なぜ、いつもあの三銃士なんだ？　とね。なぜ、またワイゲオの夜の放浪者を呼んだのか？　そういわれるだろう」

ニッキ・フリッケルは目を輝かせた。

「いいたい人にはいわせておいてください」そう応じ、「わたしたちなら……」

「ものごとはべつの観点から見ることもできますよ」みごとな赤髭《あかひげ》をたくわえた小太りのスプリンガー、ナークトルがさえぎった。「わたしとしては、しばしわれわれを忘れてくださったほうがうれしいのですが、ペリー。あなたからの任務は楽なものではないと、経験上わかっていますから」

それを聞いて、三人めのウィド・ヘルフリッチが思わず息をのむ。

「ナークトルったら、ばかいわないで！」ニッキが声をあげた。

ローダンは手をあげてなだめた。アトランは態度に出すまいとしているが、この騒ぎを上機嫌でながめている。

「いいんだ、ニッキ、かれのいうとおりだ」と、ローダン。「ただ、双方の非難に対して、わたしにも論拠はある。きみたち三人とその部下は、唯一、実戦経験を持つ特殊部隊なのだ。M‐3での経験があるし、瓦礫部隊の実績もある。ほかの者にはかえがたい」

ナークトルの顔がほころぶ。しかし、ニッキに視線で威嚇《いかく》されて自分の矛盾に気づくと、自制した。そのとき、タウレクとウェイロン・ジャヴィアが入室してきた。ミュータントのラス・ツバイ、グッキー、フェルマー・ロイドがすぐにつづく。

「ジェンは交信できたのだろうか？」ローダンがタウレクに訊いた。

ひとつ目の男は首を振り、

「無限アルマダから反応はない」と、答えた。「ウェイデンバーンは司令室だ。すみにすわって、ジェン・サリクが通信機に向かって熱心に呼びかけるのを聞いている」

「ウェイデンバーンのアルマダ牽引機八機があるかぎり、こちらは安全だろう」と、ローダンは判断し、一同に向きなおった。「きみたちにも状況は明らかだな。無限アルマダはばかばかしい要求をとりさげる気がないようだ。つまり、われわれにのこされた逃げ道はただひとつ」

そういうと、一同を鋭い目で見わたす。ナークトルの顔は硬直し、ウィド・ヘルフリッチは大きな口を一文字に結んだ。ローダンの言葉の意味がわかったとたん、ニッキの目が輝いた。アトランはなにも聞いていないかのようにふるまい、タウレクは歯を見せてにんまりする。三分間、沈黙がつづいた。ウェイロン・ジャヴィアが身を乗りだし、とほうにくれたようにたずねた。

「逃げ道なんてあるんですか？　本当に？　いったいそれは？」

「フロストルービンを抜けるのだ」と、ローダンは答えた。

＊

ジェン・サリクのいつもの赤ら顔が悲しそうに見える。

「あらゆることを試みたのですが」しずかな声でいった。「コスモクラートのこと、ポルレイターと深淵の騎士のこと、超越知性体セト＝アポフィスとの対決についても話しました。フロストルービンの現在の状態はセト＝アポフィスの責任だとも伝えました。……一度、二度、いえ、何十回もえんえんと同じ話をくりかえしました」落胆のあまり、両手で膝をたたいた。「なにもなし。まったくの反応なしです。アルマダ中枢が受信しているかどうかさえ、わかりません」

その肩にローダンは手を置くと、

「深淵の騎士というのがたやすい職務だとは、だれもいわなかったぞ」と、親しげなからかいをこめていう。

ローダンはハイパーカムのセンサー・プレートに触れた。コントロール機器が最大出力をしめすと、マイクロフォンを引きよせ、トランスレーターのスイッチを入れる。

「アルマダ中枢と名乗る者よ。こちらはペリー・ローダンだ。きみには失望している。人類にとって〝中枢〟といえば心臓であり、われわれはそこに理解、感情移入能力、隣人愛といったものをイメージする。だが、アルマディストにとってはただたんに中心点という幾何学的な意味しかないようだ。われわれは真に平和を愛する。おそらく艦船数からそちらが予測したほど、われわれは無力ではない。こちらの懸念はすでに伝えた。協力する心がまえはできている。ただし、無条件降伏を通してではない。アルマダ中枢よ、きみがこちらの懸念に耳をかたむけ、意見表明するまで、われわれはなんの動きもとらない」

光るセンサー・プレートにこぶしをたたきつけ、スクリーンが暗くなるのを見つめた。振り返ると、タウレクと目が合った。黄色い目には、いままでに見たことのない親しげな好奇心が浮かんでいる。

「いってやったな、テラナー」コスモクラートの使者は同意をしめした。

「ああ。しかし、たいした意味はないだろう」

背後の動きをすぐに感知した。エリック・ウェイデンバーンがシートから立ちあがり、ハッチに向かおうとしている。

「エリック、すぐにキャビンに案内させよう」ローダンは呼びかけた。「どうやら、われわれ、しばらく待たなければならないようだ」

ウェイデンバーンは立ちどまり、悲しげに振り返ってローダンを見つめた。しかし、うなずいただけで、ハッチから出ていった。

「だれか、かれの面倒を見てくれないか」と、ローダン。

「わたしが行こう」驚くべきことにタウレクが志願し、アルマダ炎を帯びた男のあとを追った。

＊

エリック・ウェイデンバーンはわが身になにが起きたのか、わからないでいた。かれの頭は細い一シュプールをたどり、ただひとつのこと……任務のことだけを考えている。それが目的で《バジス》にきたのである。

昔のことを思いだそうとした。かれの意識はかつて、アイデアや衝動、思考、感情であふれていた。多数のことに同時にとりくめたもの。ずっと内向的な人間で、思考の動きととりくむのが楽しみだった。しずかな場所にすわり、退屈することなく何時間でも考えていられた。それをからかわれ、〝へそのぞき〟と呼ばれたこともある……自分のへそを凝視するようにして、懸命に瞑想している男のことだ。

記憶が消えはじめていた。過去は薄暗い彼方に遠のき、どんどんはなれていく。かつてひろびろと渦を巻いて流れていた思考の大河は、いまやわずかな細いしずくとなってしまった。いまはまだ、それを残念に感じることができるが、記憶の完全な喪失とともに感じなくなるだろう。

無限アルマダのしわざなのか？

　そう思ったとたん、思考が断ち切られた。禁じられたことを考えたからだ、と、かすかにのこった理性が確認する。自分は理性に見張られ、反逆できないようになっていた。たったいま考えようとしていたことさえ忘れ、エリックは思考の細いしずくに……任務に集中した。しかし、遂行できる見込みはほぼない。ペリー・ローダンがあげた理由はいずれも不可解なものに、それどころかこじつけに思えたが、テラナーたちにとっては有効かつ説得力があるものなのだろう。これからどうすればいいか。銀河系船団がアルマダ中枢の提案を拒んだ場合、自分がいかなる行動をとるべきかは、指令にふくまれていない。その可能性は検討されなかったようだ。

　テラナーが提案を受け入れなかったことにアルマダ中枢がみずから気づくまで、ただ待っているわけにはいかない。そのような態度は不熱心と解釈される。アルマダ中枢が助言を受けつけることなどないと、自分でもいったではないか。こちらから連絡をとらなければならない。そのための小型通信装置を持っていた。異技術の伝送原理で機能するから、船内で使用しても傍受されない。

　細い側廊へ入り、アルコーヴに身をかくした。だれにも見られていないことを確認すると、だぶつく宇宙服の大きなポケットからちいさな装置をとりだし、スイッチを入れようとした。

まさにその瞬間、虚無から不気味な長身の影があらわれた。エリックは驚いて悲鳴をあげ、思わずかがみこんだ。力強い手の一撃が、ちいさな箱形装置に打ちかかる。装置は吹っ飛び、金属音をたてて壁にぶつかった。

「なんという奴隷根性か！」怒りに満ちた声が、エリック・ウェイデンバーンの頭上に降りかかった。「たしかにおまえはアルマダ炎を持っている。だが、ここにいるのはおまえの同胞たちだぞ！　かれらが、おまえの依頼人である独裁者に計画をとりやめるよう説得するチャンスさえあたえてやらないのか？　かれらが最初のショックも克服していないのに、裏切るつもりか？」

タウレクの黄色い目は怒りで燃え盛っていた。殴ろうとするように、ふたたび手をあげる。しかし、ウェイデンバーンの目に底知れぬ悲しみを認めると、手をおろした。

「そんなことをしても意味がありません」ちいさな声でウェイデンバーンがいった。「アルマダ中枢の意見はだれにも変えられない。わたしに怒りを向けたところで、むだなこと。わたしはただの手先にすぎないのです」

＊

疲れに襲われたローダンは、興奮剤を服用した。休息への自然な欲求を薬でおさえるのは嫌悪すべきことだが、ときおりそうしなければならない。たとえば、いまのような場合だ。決断の時はいつきてもおかしくないのである。そのときには覚醒していなければならない。

自分の考えた作戦をぶじ打ち明けることができ、感謝していた。ハミラー・チューブが計算した数値を提示したのである。フロストルービンは強大な自転エネルギーで、近づくものをすべて引きよせ、引き裂く。そこへの突入のさい、力学的な衝撃をどう処理するかが問題だった。二万隻の防御フィールドがあれば、最大出力の二百パーセントまでは対処できる。ハミラーは衝撃の継続時間を数百ミリ秒と計算した。衝撃フィールドを通過後、銀河系船団は自転する虚無の内奥に入るだろう。セト＝アポフィスの〝デポ〟の内部……非現実的で非因果的なハイパー空間である。真の危険はここからはじまると、ハミラー・チューブはいう。

ジェン・サリク、アトラン、ウェイロン・ジャヴィアはハミラー・チューブの計算だけにたよろうとはせず、タウレクに助言をもとめた。タウレクの小型マシン《シゼル》は、致死線を無傷でこえられる唯一の乗り物として知られている。コスモクラートの使者は、資料に目を通すと、ハミラー・チューブを褒《ほ》めた。

「すべて正確だ」と、賞讃した。「保安ファクターまで考慮してある。このデータにしたがえば、逃走は成功するだろう」

「あなたがどの文明領域からお越しになったか知りませんが、サー」ハミラーはすっかり不機嫌だった。「すくなくとも、このわたしはまちがったデータを作成するためにいるわけではありませんので」

銀河系船団の乗員たちには出発直前に伝えることで意見が一致した。その連絡をするさいには安心材料として、タウレクがこの計画に賛同しただけではなく、偵察要員として《シゼル》で船団の前方を航行すると表明したことも、それとなく伝えられるだろう。上層部の見解では、予定より早い伝達は憂慮の原因となる。スタック奨励サークルのメンバーの反逆は、いまも全員の記憶になまなましい。

準備が進められた。瓦礫部隊の攻撃時と同様、陽動作戦で敵の裏をかくのである。すでにテレポーター二名、アトラン、三銃士とその突撃部隊が移動中だった。しかし、今回は進め方がちがう。フロストルービンをとりまく瓦礫フィールドに異変があれば、アルマディストは気づくだろうから、ひと芝居打つのだ。最終的に、敵は前回以上に驚くことになるだろう。

銀河系船団は逃走によって敵の攻撃をかわすことにしたわけだが、この決断はローダンにはやさしいものではなかった。今回は決定的な撤退である。《プレジデント》を、そこにいるタンワルツェン、イホ・トロト、ほかの乗員もろとも見殺しにすることになるのだ。同じく、スタック奨励サークルのメンバー十万人や、瓦礫部隊の攻撃のさいにアルマダ作業工の手に落ちた男女二百五十人も。しかし、これ以外に逃げ道はなかった。

さもなくば、無限アルマダとその尊大な指揮官に無条件降伏するしかないのである。だが、エリック・ウェイデンバーンに説明した理由から、それは実行できない。

エリック・ウェイデンバーン！　タウレクによると、このスタック狂信者は、異技術の通信装置で無限アルマダとの交信を試みていたらしい。銀河系船団が提案に同意する望みはないと、アルマダ中枢に報告しようともくろんだのだ。タウレクがテラナーたちへの裏切りをとがめても、反論しなかったそうである。

あの男はどうしてしまったのだ？　かつては理念に満ちあふれていた……実用主義者のペリー・ローダンからすれば、非常識な内容ばかりだったが。しかし、それは多くの、とくに若者の心情に訴えかけるものだった。ウェイデンバーンは理想主義で、非暴力の革命家だった。宇宙空間にあるプシオン性の重力フィールドについて語り、そこへ行けば人類は高次の存在形態に到達できるといった。その目的地をスタックと名づけ、どの宇宙文明にもそれぞれのスタックが存在し、あらゆる宇宙航行の目的はスタックに行きつくことにあると主張していた。

それが、いまはどうした？　まるで機械、人間の姿をしたロボットだ。ペリー・ローダンは怒りの感情に襲われた。無限アルマダへの怒り、存在するかどうか不明なオルドバンへの怒り、そしてアルマダ中枢への怒り。それらの陰謀によってエリック・ウェイデンバーンは別人にされたのだ。しかし、ローダンはその怒りにのみこまれぬよう、激情をはらいのけた。性急な判断ほど危険なものはない。アルマダ中枢の動機は不明だし、ウェイデンバーンの状態も一時的なものかもしれないのだ。ただたんに、アルマディストが持つと思われる防御本能にしたがっただけかもしれない。ここはようすを見なければならない……そして、ウェイデンバーンを見張らなければ。

ハッチのブザーが鳴り、ローダンは不思議に思った。

「だれだか知らんが、入っていいぞ!」と、声をかけた。

ハッチがしずかに開くと、そこには彼女がいた。謎めいた黒い瞳の女。もう何日も会っていなかった。謎に満ちた大きな目に宿る黒い炎は消えている。いや、消えたのではない。タウレクにうつったのだ。コスモクラートの使者がやってきたせいで、ローダンとゲシールのあいだには目に見えぬ壁が生じていた。かつて自分がアトランを押しのけたように、その立場をタウレクが奪い去ったのである。皮肉なものだ。そう考えると、心の痛みが和らいだ。こんどはタウレクがだれにゲシールの寵愛《ちょうあい》を譲ることになるのか、わかったものではない。

「驚いたよ」ローダンが立ちあがり、優しくいう。「どうぞなかへ」

ゲシールは動かない。

「知らせは受けとったの?」と、訊いてきた。

「知らせ? なんの知らせだ?」いぶかしげに訊き返す。

「アルマダ中枢が返信してきたのよ」と、ゲシール。「メッセージは司令室で受信して、記録されたわ」

ローダンは驚愕してインターカムのスイッチを入れた。ウェイロン・ジャヴィアの顔がスクリーンにあらわれた。かれも疲れをにじませている。もう二十時間以上、だれも一睡もしていない。

「なぜ通信のさいに、わたしを介入させなかった?」と、ローダン。

「どの通信です?」あくびを噛み殺しながら、ジャヴィアが応じる。

「アルマダ中枢からの通信だ」

「え?」ウェイロン・ジャヴィアは急に目をさました。「アルマダ中枢からはなんの知らせもありません。いったいだれにからかわれたんです?」

ハッチの閉じる音がし、ローダンはうしろを振り返った。秘密めいた訪問者はすでに消えていた。

「ゲシールだ」かすかな笑みを浮かべた。「なにを考えてそんなことをいったのか、わからないが……」

ジャヴィアが片手をあげて制し、

「待ってください!」と、鋭い声をあげた。

ローダンが見ると、船長はコンソールを操作している。インターカム・スクリーンの映像が唐突に消え、かわりに輪郭のないグレイの輝きがうつしだされた。背後からかすかに雑音がする。力強い声が響いた。

「こちらはアルマダ中枢だ。ペリー・ローダンに告ぐ」最初のコンタクトのさいと同様、未知者はインターコスモを話している。「たわけ者！　わたしの意図に逆らえるなどと、なぜ思った？　わたしは提案を伝えるために使者を送ったのだ。きみときみの種族にとって、それが最善と考えてのこと。わが計画への判断をくだす理解力が自分にあるなどと、思いあがるな！　きみの些末《さまつ》な懸念など関係ない。わたしははるかに大きなことを考えている。使者の伝えるとおりにせよ。自分で約束したとおり、自由通行権を保証するのだぞ。遅くともそちらの時間単位で十時間以内に、使者を帰してもらおう。なんの異議も唱えないという銀河系船団の返事を持たせて」

背景音が消えた。グレイの光にかわってウェイロン・ジャヴィアの顔があらわれた。

「この通信は、いつきたものか？」と、ローダン。

「いつですって？　たったいまです。あなたはそれを生《なま》で聞いたんです」

ローダンはうなずいて、わかったような微笑を浮かべた。だが、それは仮面にすぎない。本当は、状況をまったく理解できていなかった。

2

カルサナル・ズーの指揮下にある《ボクリル》が必要な修理を完了し、包囲艦隊にもどると、事態は激変していた。ズーが目をはなしていたあいだに、包囲対象の異人の船団が動きだしていたのだ。敵がトリイクル9をとりまく瓦礫フィールドのなかへ逃げようとしたことは知らされていた。ハルウェサン人の司令官で、包囲艦隊の最高命令権者でもあるイルクスト・ネンターの電光石火の作戦行動によって、その試みが無に帰したことも。

これらはしかし、カルサナル・ズーにとってはただのデータにすぎなかった。《ボクリル》が損傷を受けた直後に体験したことのほうが、ずっと印象深い。瓦礫群の攻撃は、敵の陽動作戦だと露見した。包囲艦隊はこちらへ向かってくる瓦礫に対してすべての砲門から発射し、次から次へと粉砕したもの。しかし、そのあいだに敵の勢力はそこからはなれ、アルマダ艦の外殻できわめて有害な活動をくりひろげていた。《ボクリル》における破壊工作者は、アンテナ、探知機、走査機を破壊し、シグリド艦のエンジンの役目をはたしている巨大なグーン・ブロック四つのうち、ひとつを機能不全にした。《ボクリル》はバランスを失い、横揺れしながらあてどなく漂っていた。カルサナル・ズーの身に生涯忘れられないことが起こったのは、そのときである。

毛皮でおおわれたちっぽけな生物が、虚無からあらわれでたのだ。ハルウェサン人といくばくかの類似点はあるが、はるかにちいさく、毛皮も輝くような白ではない。その生物にはたった一本の歯があり、それをじつに親しげなようすでむきだして、こうほのめかしたのだ……なんと、アルマダ共通語で！……自分たちのことを過小評価しているとか、いつだって好きなときに無限アルマダにしっぺ返しできるとか、そういった内容だったが、ズーは正確な言葉をもう思いだせない。というのも、最初の衝撃からかろうじて立ちなおったとたん、摩訶不思議《まかふしぎ》な生物がふたたび消えたからだ。あらわれたとき同様、虚無のなかへと。

この体験のあと、シグリド人部隊の司令官はアルマダ中枢では、敵がある程度のパラプシオン性能力を持つという疑惑をいだいていることを知らされた。だが、時すでに遅し。あれからカルサナル・ズーは、表向きはなんの理由もないのに、あたりを見まわすのが癖になってしまった。もう二度と驚かされたくないのである。

ズーはジェルシゲール・アンの帰艦をひそかに願っていた。《ボクリル》の本来の艦長で、五万隻からなるシグリド人部隊の司令官でもあった。アンとズーは性格や考え方が似かよっている。ともに老い、ともに倦《う》んできた。なにに対してもほとんど胸躍ることがない……そのかわり、いやな気持ちにさせられるものはたくさんある。無数の大小の水疱におおわれた皮膚は、二名とも老齢をあらわす薄汚れた赤褐色である。程度の差はあるものの、どちらもリウマチに悩まされており、背中の瘤《こぶ》を手でつかむしぐさが頻繁に見られる。病気のせいで耐えがたい疼痛《とうつう》がはしるのだ。黒い目は眼窩《がんか》に深く落ちくぼみ、若かったころのような敏捷《びんしょう》な動きはない。かつては発話および飲食のための漏斗《ろうと》状開口部から鳴りひびいた声も、ときおり情けないほどしわがれる。頭皮の水疱のあいだから飛びでた聴覚突起は、とうにかつての感度を失っている。カルサナル・ズーはときおり思うのである……聞こえなくなったのではなく、周囲の出来ごとを聞きたくなくなったせいではないか、と。

ズーもジェルシゲール・アンも、無数の先代たちと同じように、無限アルマダでのキャリアを平穏な老後と痛みのない死のなかで終えられたら、どんなにうれしかったであろう。しかし、そうはいかなかった！　突然、トリイクル9がかれらの前にあらわれたことで、これまでとはすべてが変わった。トリイクル9は無限アルマダが数百万年ものあいだ探しつづけていた目標であり、憧れの対象であり、祖先がなくしてしまった聖なるものなのである。

数百万もの宇宙船にいる無数の乗員たちは、とてつもない興奮に襲われた。トリイクル9は虚無からなる円盤で、二千光年の直径と百光年の厚みを持つ。あるべきところにあったときはどのような外見だったのか、それを知る者は、おそらくオルドバン以外にはだれもいない……そもそも、オルドバンが実在するのかどうかも不明だが。それでも、ひと目トリイクル9を見たときから、はっきりしていることがあった。この聖なる物質をなにものかがぞんざいにあつかい、悪用したのだ。無限アルマダの怒りは、トリイクル9のそばに唐突にあらわれた二万の異艦船へ向かった。大騒ぎがはじまったのはそれからだ。

ジェルシゲール・アンはアルマダ中枢の指令を、いわれたとおりに遂行しなかった。そのせいで、いきなりアルマダ作業工があらわれ、アンを自室キャビンに追いはらったのだ。それからほどなくして、老司令官は姿を消した。かれの公式の代行たちはみな睡眠ブイに入っていて休養中だったため、ターツァレル・オプがとんでもない勝負に出た。最初は《ボクリル》とシグリド人部隊に関する責任を引き継いだだけだが、その後、包囲艦隊の最高命令権を要求したのである。それが災《わざわ》いを招いた。アルマダ中枢はかれを即座に解任し、カルサナル・ズーにシグリド人部隊を引き継がせた。自分ではけっしてもとめていなかった特権だったのだが。包囲艦隊の最高命令権はイルクスト・ネンターにあたえられた。逃亡を試みた敵への電光石火の作戦により、その才能を立証したハルウェサン人である。

カルサナル・ズーは《ボクリル》に平穏をもたらすよう骨を折った。ターツァレル・オプと、その側近ペルティファー・クイ、ウネモル・レンを、艦長および副長に任命したのだ。好感を持っているからではなく、事態を鎮静させたいがための方便からである。未知の場所からきた方位測定シグナルが、《ボクリル》をあらたなポジションに誘導する。各コンピュータ間で処理されるから、艦長が操縦コンソールに触れる必要はない。オプ、クイ、レンは自分たちの任務を良心的にはたしていた。カルサナル・ズーはゆったりした司令官シートで気楽にかまえていられる。

ところが、それも長くはつづかなかった。全艦インターカムの作動ランプが急にせわしなく明滅しだしたのだ。〝黒の成就〟にかけて……なぜ、そっとしておいてくれないのか？

通信はイルクスト・ネンター、包囲艦隊の最高命令権者からである。大きな赤い耳が頭蓋から真横に張りだし、まるで皿のようだ。ダークブルーの大きな目で注意深くズーを見つめ、

「きみが《ボクリル》で退却を余儀なくされたあと、あらたに判明したことがいくつかあるのだ」と、おだやかにいった。

「拝聴しよう、最高命令権者」と、カルサナル・ズーは応じる。「説明してもらえるな？」

「ああ、そのつもりだ」と、イルクスト・ネンター。

＊

「アルマダ中枢から命令があって、異人の船団を無限アルマダに編入せよとのことだ」ハルウェサン人が話しはじめた。カルサナル・ズーはその話をとっくに知っていたが、最高命令権者の話をさえぎるつもりはない。「アルマダ中枢はみずからの意図を知らせるため、異人たちに使者を送った。使者というのは、すこし前のことになるが、異人の船団からはなれてトリイクル9に突進しようとし、われわれに捕らえられたグループのひとりだ。その男は最近、アルマダ炎を授けられ、アルマディストとなった。しかし、アルマダ中枢はリスクを回避するため、かれの知的活動を制限し、裏切りをおかせないようにした」

「いつのことだ？」と、ズー。「使者が異船団に向かったのは？」

「もう数時間も前だ。警戒をおこたらぬよう指示が出た。異人がアルマダ中枢の提案への同意を拒んだ場合、われわれが攻撃する。そのために包囲艦隊の配置を変えてある。見てのとおりだ。一撃への準備は完了した」

カルサナル・ズーは驚いて立ちあがった。

「拒むなんて、ありえないのでは？」啞然としてたずねる。

イルクスト・ネンターは否定のしぐさをした。

「知りようもないだろう。敵がなにを考えているか、だれにも予測がつかない。かれらの使う時間単位で十時間のリミットがもうけられたが、すでに四時間が経過した。アルマダ中枢の気前のよさを最後の一秒まで利用したいようだな」

ズーはそれを聞いてほっとした。すくなくとも、あと六時間はなにも起こらないと保証されたのである。すこし横になる時間も充分にあるだろう。ハルウェサン人はそのあと、どうでもいい話をはじめた。ズーはがまん強く耳をかたむけ、話が終わると思わず安堵の息をついた。ターツァレル・オプに必要な指示をあたえ、自分が不在のあいだの指揮をまかせる。さらに、緊急事態以外はじゃまされたくない旨をほのめかしておくと、自室キャビンへ向かった。

並はずれてがっしりした短足を引きずるようにして、ゆっくりと歩いているあいだじゅう、多種多様なことがらが頭をめぐった。まずなによりも、異人がアルマダ中枢の命令を拒むかもしれないという考えについて、数々の疑問がわいてくる。いままでにそのような例はあったのか？　無限アルマダの数百万年におよぶ歴史のなかで、たびたび未知艦隊は編入されてきたもの。だが、だれも抵抗など考えなかった。あの異船団は視覚を持たないのか？　無限アルマダを構成する数百万の宇宙船が見えないのか？　どう抵抗するつもりなのか？　無限アルマダはかれらをかんたんに押しつぶすだろう。包囲艦隊が四方八方をとりかこんでいるから、逃げ道もない。のこされている唯一の出口は、まっすぐにトリイクル9の深淵へつづいている。

カルナサル・ズーはしばし考えてから、異人たちは非常に特異なメンタリティの持主にちがいないと結論づけた。かれらの思考は、真に明白なことがらによっても、ある程度までしか影響されないようだ。ほかの動機が背景にあるにちがいない……純粋な理性では分析できない類《たぐ》いの、予測不能な動機が。そのせいで複雑なのであろう。かれらの行動はあらかじめ見積もることができない。それをズーは身をもって体験した。

だが、それがどうした、と、ズーは不機嫌になる。ほかの者が頭を悩ませればいい。わたしには関係ないぞ。

キャビンのハッチを開けたが、そこに立ったまま、硬直してしまった。居室のまんなかに置いてある快適で時代がかった肘かけ椅子が、くるりとこちらへ回転する。ひろい肩幅のでっぷりとした姿がズーの視界に入った。その発話漏斗から、おもしろがっているようなだみ声があがる。眼窩に落ちくぼんだ黒い目で、狡猾《こうかつ》な感じに目くばせしてきた。

「ジェルシゲール・アン」ズーは啞然とし、押しだすようにその名をいった。

＊

老シグリド人は若者のような勢いで立ちあがった。どっしりした頭蓋の上で、アルマダ炎が明るいむらさき色に輝いている。古くからの友である二名は挨拶をかわした。

「長いこと、どこにいたのです？」と、カルサナル・ズー。

「答えられない」と、ジェルシゲール・アン。

「答えられない、とは……」

「おぼえていないのだ。しかし、それがどこであったにせよ、回復力にあふれた場所にちがいない。生まれ変わったように感じているから」

「ちょうどよかった」カルサナル・ズーが親しげなからかいをこめて、「部隊には若々しい司令官が必要ですからね。わたしでは年をとりすぎている」

「わたしに指揮権をさしだすつもりなのか？」と、アン。

「もちろん」と、ズーは答えた。「もともと、ほしくありませんでした。しかし、石頭のターツァレル・オプが短期間のあいだにろくでもないことばかりしでかしたせいで、アルマダ中枢はかれを解任せざるをえなくなったのです」

「知っている」アンはまじめな面持ちになった。「オプは実際、悪いアルマディストではないのだが、官僚政治が有効だと期待しすぎているし、感情移入の能力にも欠ける。だが、それらは修正できる。いくつか指示と助言をあたえよう。それをオプが守れば、じきに有能な副司令官になるだろう」

「いいですな」ズーはうなるように、「それなら、また代行が必要になっても、あなたがわたしを引っ張りださなくてもよくなる」

驚き、すこし不審に感じていた。思いだせるかぎり、アンがオプをよくいったことは一度もなかったのだが。

「もう行こう」アンが提案した。「わたしの帰艦を乗員に伝えてもらいたい。アルマダ中枢は一連の賢明な決断をした。それを実行にうつすのだ」

この発言にズーはさらに驚愕した。最後にアンと話したときは、アルマダ中枢の賢明さも、いわんや無謬《むびゅう》性も信じていなかった。それどころか、アルマダ中枢からの直接指令に自分の解釈を混ぜ、その責任を負ったではないか。まさにそれが理由で拘禁状態におかれたのである。

「あなたをひそかに艦から連れだし、またもどしたのは、アルマダ作業工ですか?」ズーは話題を変えようと、質問した。

「そうだ。だが、思いだせるのはそれだけだ」アンはぶっきらぼうな口調になった。

「問いつめるのはやめてほしい。わたしの記憶に欠落があるのは、オルドバンの意志なのだから。オルドバンが望むなら、いいことに決まっている」

「オルドバン」ズーが驚きのあまり、おうむ返しになる。「まるで、その実在を確信しているみたいに話すのですね」

「オルドバンとアルマダ中枢は同じものだ」アンが声を荒らげた。「どう呼ぼうと関係ない。肝心なのは、指令がどこからくるのかをわれわれが知っており、そのとおりにすべきということ」

カルサナル・ズーはそれ以上の会話をあきらめた。アンにもちょうど都合がよかったらしい。アンは司令室につくと、ターツァレル・オプと、クイおよびレンの両副長に、古くからの友人のように挨拶した。アンが三名の指揮権任命をとりさげるものとズーは期待したのだが、それどころか、かれらの能力を称えるではないか。オプをわきに連れていき、なにか内密に話したいと告げている……まちがいなく、さっきいっていた指示と助言に関することだろう。もうズーのほうを見向きもしない。

ズーはこれを見て確信した。《ボクリル》をはなれているあいだに、アンの意識になにかが起きた、と。変質させられたのだ。アンはもう以前のアンではない。

それが自分たちの友情にどのような変化をもたらすのか、ズーが思案しているとき、警報が鳴った。

*

カルサナル・ズーはふたたび自分の仕事場となった技術ラボにもどった。首席技師であるズーが、《ボクリル》艦長および中央後部領域・側部三十四セクターのアルマダ第一七六部隊司令官としての役割を、だれにも気づかれないまま終えたということ。こうなれば、もう警報は関係ない。それは指揮をとる者たちの仕事だ。自分はふたたび作業に打ちこめる。

アルマダ中枢から司令官に任命されたせいで放棄することになった作業を思いだし、当該データを呼びだした。集中しようとするが、成果が出ない。一連の数字と記号を三度すみずみまでチェックしたあと、きょうは仕事にならないことがようやくはっきりした。データがひとつも頭に入らない。認めるのはつらかったが、ジェルシゲール・アンの態度に深く傷ついていたのである。休息をもとめて自室キャビンにもどった。数時間、大の字になって横たわりたい気分だ。早くそうしていればよかった。

しかし、この日、運命はかれにほほえまなかった。仕事場をはなれようとしたとたん、武器専門家のナリトル・タイがやってきたのだ。興奮しているようで、話を聞くしかなかった。タイは有能だし、シグリド人の基準でいえば美しいが、ズーは好きではない。彼女はターツァレル・オプと特別な関係にある。それもいまや公然の秘密で、ズーは気持ちを切り替えるようにしていた。タイといっしょの勤務のときは、その関係に影響されないよう注意し、プライヴェートでは彼女を避けたのである。

「実験のひとつが外部からの妨害にあったのだけど」と、武器専門家の女。「妨害の原因が特定できないの。手を貸してもらえる？」

「重要な実験なのかね？」ズーが訊き返した。

「そういえるわね」と、タイ。「シミュレーションした砲弾を瓦礫フィールドに発射して、火器管制システムが瓦礫群にどのように反応するか、算出しているの。最初はずっと正常だった。信頼できる確率で目標に命中したわ。ところが、妨害が発生してからは砲弾が次々に消えてしまうのよ」

カルサナル・ズーはこの事件を重要だと判断し、みずから調べることにした。この数時間、いろいろなことと折り合ったのだ……これだって、そうしなければ、とうぶん休息もあたえられない。

タイが再生したヴィデオ映像に、ズーは感銘を受けた。多数の実験プロセスから作成したもので、トリイクル9をとりかこみ、ほぼ無限のひろがりを持つ瓦礫フィールドの映像だ。そのはるか彼方に見えるのが……見えるというよりも、推測できるのが……貫通不能の闇領域、トリイクル9である。その反対側には無限アルマダの数百万の探知リフレックスがひろがり、ずっと遠くの背景ではぼやけて乳白色の散光星雲のなかに溶けこんでいた。

一般に、リフレックスがぼやける唯一の理由は、距離によるものだといわれている。カルサナル・ズーは長年、その見解をなにも考えずに受け入れてきた。だが、年齢を重ねるにつれて、批判的思考を好むようになったため、ある日、腰を据えてコンピュータの意見を聞いてみることにした。もちろん、コンピュータのプログラミングが懐疑主義者の好奇心に応えるのを禁じられている可能性は充分にあるので、質問内容は慎重に組み立てる。得られた回答はきわめて興味深いものだった。コンピュータがいうには、個々の探知リフレックスは二百光年の距離まで認識可能であるはずだそうだ。だが、この散光星雲はそのはるか手前からはじまっている。

ズーはたいして驚かなかった。ぼやけたリフレックスも散光星雲も、探知機の性能的限界による自然作用などではなく、意図的産物である。そうしたのはアルマダ中枢以外に考えられない。その意図はなにか？　おそらく、アルマダ艦船の正確な数を数えなおして算出できないようにするためであろう。無限アルマダが実際にどれほどひろがっているのか、だれにもわからないようにしたいのだ。

ズーはタイのいらだちを感じ、集中しろ、と、みずからを律した。ひしめく瓦礫群を子細に観察。かなり密な感じで、くっつき合っているように見える。しかし、瓦礫片どうしの平均距離は二十光秒だった。

「実験をやってみせてくれ」武器専門家をうながした。

探知スクリーン上で、岩石をあらわす光点が点滅しはじめる。ナリトル・タイがシミュレーション砲弾を発射。瓦礫フィールドに向かって一直線に射出され、ひしめく瓦礫のなかに滑りこんだ。と、たちまち一連の回避機動が励起され、障害物との望ましくない衝突を避けていく。グリーンに光るシュプールが砲弾のコースをしめしているが、きわめて巧みに進んでいるように見える。目標をはずすようにはとても思えない。

色とりどりの波線が数本、スクリーン上に生じた。妨害がつづいたのは一秒にも満たなかった。しかし、砲弾はいきなり回避機動をやめ、目標から著しくはなれたポジションを通りすぎて、はるか向こうを漂流していた瓦礫群のひとつに衝突。スクリーン上の光点は、シミュレーターによって〝ガス化〟を意味する記号におきかわった。

カルサナル・ズーはがぜん目がさめた。落胆して司令室を出ていったとき、ひっきりなしに警報が鳴りひびいていたことを思いだす。音声命令で艦内データバンクを呼びだし、先ほどの警報がなにを意味するのか、報告させた。

異人たちが動きだしたのだ！　瓦礫フィールドでなにか厄介なことをしているらしい。異人の現ポジションの周囲におけるひろい範囲で、ときおり小型エンジンの作動が記録されていた。だから包囲艦隊に警報が発せられたのだ。しかし、さしあたり観察にとどまることになったという。

「ずるがしこいやつらだ」カルサナル・ズーがつぶやいた。「賭けてもいいが、なにをたくらんでいるかわかる。感嘆に値《あたい》するな。これほどエネルギーがあるとは思わなかった。きっと破れかぶれで……」

ズーは突然、猛烈な勢いで数値を整理・分析しはじめた。仰天したナリトトル・タイは、なにをしているのかまるで見当がつかず質問したが、ズーは知らせる必要はないと思い、そのまま助手をさせる。あわただしい計測作業は一時間以上もつづいた。やがて分析データがならび、それらはまさにカルサナル・ズーが予期したとおりのものだった。ズーは満足そうに口もとをゆがめ、タイには目もくれず、ラボをあとにした。司令室にいる老いぼれに、ここの技師はまだまだ有能だってことをしめしてやる……と、ひとり言をつぶやきながら。

*

ジェルシゲール・アンが愉快そうに笑った。

「われわれの火器管制システムを妨害しているだと？」疑わしげだ。「いったい、かれらはなにをしたいのだ？」

「いっておきますが、それはあまり知的な質問ではありませんぞ」カルサナル・ズーが大まじめにいった。「われわれの攻撃を予測して、そのじゃまをしたいのです」

アンは八本指の手で、音がするほどズーの胸をたたいた。友情のあかしのような思いがけない反応に、技師はあやうく転ぶところだった。

「暗い顔をするな、古き日の同志よ！」アンの声がとどろいた。「驚いたのは最初だけだ。われわれの火器管制システムが三重構造になっているのは、きみのほうがよく知っているはず。たとえ異人がそのうちのひとつを作動不能にしたとして、なにができる？」

「三重構造については知りようがないでしょう。たしかにかれらが解読したのは、こちらの火器管制システムのうちのたったひとつで、しかももっとも基本的なもの。それから身を守ろうとしているだけです。しかし、わたしがいいたいのはそのことではない。ジェルシゲール・アン、かれらの賢さをなめてかかってはいけません。いったいどこからシステムのメカニズムを知ったと思いますか？　かれらはこれまでたった一度、砲熕《ほうこう》兵器が作動したのを見ただけですぞ。数日前にわれわれが有人の瓦礫群を破壊したときで、そうとう混乱していたはず。ところが、そのみじかい時間でかれらの技術者と科学者はこちらの火器管制の原理をひとつ解明し、対抗手段をとった。ほかのふたつも解明されていないと、いいきれますか？　そうした試みはまだなされていませんが。ナリトル・タイはいちばん基本の原理で実験しただけですから」

ジェルシゲール・アンはたちまち不安になったらしい。

「どうしたらいいかね、わが友？」と、助言を乞う。

「第一。タイと同じ実験をほかの艦でも実施するよう、指令を出してください。第二。同じ試みを、あとふたつの原理によってもおこなうのです。第三。外の瓦礫群でなにが起きているか、注意しなくてはなりません。いったとおり、あの異人たちを見くびるの

「貴重で有益なアイデアだった。すぐにすべてを手配しよう」

「黒の成就が、きみに報いることだろう」重々しく伝えた。

司令官は同意のしぐさをした。

「ジェルシゲール・アンはどうやら、最初に思ったほど別人になったわけではないらしい。

カルサナル・ズーは聞きいれてもらったことに安堵した。

は危険です」

3

ニッキ・フリッケルはヘルメット・ヴァイザー内側にうつる映像を子細に調べていた。生命維持システムのマイクロ・コンピュータがうつしだす映像は、相いかわらずだ。青色が目立つ瓦礫群……大昔の矮小《わいしょう》銀河の残骸をあらわす塊りはグリーンがかった色調で、制動物質の塊りはかすかにむらさき色を帯びている。その向こうには、すべてを見わたすことができない規模の無限アルマダが、数百万のオレンジ色がかった赤い光点となって輝いていた。

映像を切ると、暗闇がニッキをつつんだ。自分がいま乗っている輸送ロボットの輪郭すら見えない。荷台に伏せた彼女のすぐ目の前にぼんやりと浮かびあがっているのは、ポジトロン性妨害装置をセットした台架のひとつだ。輸送ロボットの本来の荷物である。

輸送ロボットの前部投光照明が、闇のなかにどぎつい光点をつくりだした。光点はしだいに大きくなり、宇宙瓦礫のひび割れた表面の一部分をとらえる。ニッキと同行者たちがその日、目にした十六個めだ。あと四個できょうのノルマが終わる。きらめいて散乱するシュプールが、薄い塵《ちり》の層をうつしだした。瓦礫片のまわりに生じたわずかな重力により、塵が堆積しているのだ。

作業はすでにルーチン化していた。ロボットは瓦礫片になめらかに着地。ニッキと同行者ふたりはグラヴォ・パックを適正な数値に調整して跳びおり、カプセル核爆弾の容器をはずした。ロボットはうしろ側の把握アームで荷台から台架をひとつおろし、宇宙瓦礫の岩がちな表面に入念に固定する。

ニッキと同行者たちはその場をはなれた。カプセルの配置図は綿密に練りあげられたものだから、爆弾をどこに置くかで頭を悩ます必要はない。気をつけるべきはただひとつ、このちいさな卵形物体を注意深くかくすことだけだ。荒涼とした瓦礫フィールドでなにが起きているのか、アルマディストたちがようすを見にきたとしても、カプセル爆弾ではなく、台架と妨害装置を見つけるだけのこと。

作業は十分以内に完了した。三人はロボットの着地地点にもどり、もう一度ちいさな装置が台架に固定されているのを確認すると、荷台に跳び乗った。グラヴォ・パックを自動調整にし、手すりをつかむ。その直後、輸送ロボットがスタートした。投光照明が消え、闇につつまれる。ニッキはヘルメット・ヴァイザーのマイクロ・コンピュータを作動させ、すこしのあいだ、映像をチェックした。瓦礫の配置の著しい変化を確認すると、ふたたび切った。

あと四個、と、ニッキは思った。ほんと、一杯のコーヒーと照明のある環境にもどれるなら、給料一カ月ぶんと引きかえてもいいわ。

輸送ロボットは最高価で加速した。それでもグラヴォ・パックのおかげで、セラン防護服のなかは静止しているかのようである。数分後、すでに何度もくりかえされた光景があらたにはじまった。投光照明が光り、ロボットが着地して、ニッキが跳びおりる……

そのとき、ヘルメット・テレカムから輸送ロボットの声がした。

「注意！　アルマダ作業工です」

ニッキは輸送ロボットの投光照明がつくりだす光環の縁にいた。数秒前に容器からとりだしたカプセル核爆弾を大急ぎで地面の割れ目に押し入れ、いくつかの岩でかくすと、スプレー缶に入った粘着性の液体をたっぷりしみこませた。生涯ずっと、それだけをしてきたかのような巧みさだ。真空のなか、液体は即座にかたまり、硬いベトンになる。

その場をはなれ、とがった岩の陰にかくれてあたりを見まわした。たいらに押しつぶされたようなシリンダー状物体が空中に浮かんでいる。その上下は円錐形のカバーらしきものでおおわれ、数本の把握アームがシリンダーから伸びていた。アームには関節を持つのも、触手のようにしなやかなのもあるが、それが規則正しく動きだす。その動きはまるで、真空の闇を泳ぐ未知生物のようだ。

輸送ロボットは台架のとりつけを終えたところだった。アルマダ作業工には気づいたが、動かずにいる……プログラミングどおりだ。戦端を開くのは相手側だけだと、ロボットは知っている。

アルマダ作業工が光環の中央に入った。ニッキが確認したところ、関節を持つアームのうち、すくなくとも二本は武装してある。触手状の一アームが岩がちの地面に固定されたばかりの台架をつかみ、留め具から引きちぎろうとした。

輸送ロボットにはこれが引き金となった。台架破壊の試みは明らかな敵対行為だ。胴体部から不格好な分子破壊銃をとりだし、銃口を敵に向けた。しかし、この戦いが優位に終わる可能性は最初からわずかである。ロボットの力は強いが、比較的単純な輸送機械のため、戦闘マシンのような反応速度はない。分子破壊銃の銃身の向きを変えはじめたところで、アルマダ作業工の武器アームが光り、炎の球が輸送ロボットをつつんだ。一秒もせずに爆発。地面が揺れ、赤熱《せきねつ》した部品が宇宙空間に飛びちった。

アルマダ作業工はすぐに任務にもどる。短時間で台架を留め具からはずすことに成功。二本の触手アームで台架をつかみ、浮遊した。

本能がニッキの意識に警告をあたえたが、遅すぎた。驚いて振り向き、闇からあらわれた二体めのアルマダ作業工に気づいて、防御しようと考える……だが、そのときにはもう、マシンのしなやかな触手がはげしくしなる鞭《むち》のように飛びだし、彼女に巻きついて縛りあげていた。

＊

「これは大胆な冒険だ」ローダンは真剣な面持ちだった。「われわれ、フロストルービンの境界線はこえられるだろう。しかし、そのあとは未知の領域に入る。ハミラーでさえ、ハイパー空間のなかがどうなっているのか、述べようとしない」

聞き手のタウレクは沈黙していた。テラナーにはまだいいたいことがあるとわかっているのだ。タウレクはシートにゆったりとよりかかった。黄色い目からは好意的な関心が見てとれる。かれが動くたびに、数百ものメタリック・ブルーの薄片でつくられた衣服が、さらさらとささやくような音をたてた。

「不可測空間への移動に関してわれわれがこれまでに知っているのは、純粋に分析上の性質だけだ」ローダンがつづけた。「自分たちでコースを決めることはできない。時間経過はいうまでもなく、方向という概念を定義することすら意味がないのだから。では、いかに方位確認すべきか？　ハイパー空間からふたたび出現するポイントを、どうやって決定すればいいのか？」

「どうやるのかは、もうわかっただろう」タウレクがようやく答えた。「《シゼル》でフロストルービン内に行き、なんなく出発点にもどったではないか」

「なんなく?」ローダンは皮肉な調子で問いかえした。「もしもセト＝アポフィスが妥協していなかったら、われわれ、どうなっていたことか」

「どうして超越知性体がその判断をしたか、考えたことはあるか?」と、タウレク。

「よりによって、セト＝アポフィスがきみをよろこばせようとしたとでも?」

「われわれになんの手出しもできなかったから……」

「ハイパー空間に置き去りにすることもできただろう。そうしなかったのは、われわれがフロストルービン内にいたら、銀河系船団に帰するよりも、より損害をこうむることになったからだ」

「思いだした」と、ローダン。「あなたは自動的にM‐82へつづく〝無抵抗の道〟について、わたしに語ったな。〝できるかぎり受け身で行動しなければならない。動かずにじっとしていることが必要なのだ〟と。そうすれば、セト＝アポフィスが存在する銀河に、ひとりでに到着すると。あのときわたしは半分、正気をなくしていた。だが、いま記憶がもどってきた。まさに、そのことについて話をしたい!」

「どのことだ?」と、タウレク。

「フロストルービンにいるあいだ、あなたはそこを観測し、推論をたてた。その知識はわれわれをはるかに凌駕《りょうが》する。あなたなら、われわれがハイパー空間内で方向を見失わないよう、助けられる。無抵抗の道を行くにはどうすべきか、宙航士たちに教えてやってほしい。そのことを話したかったのだ。どうかお願いする」

タウレクは困惑したように見えた。立ちあがると、強く首を振った。

「それは人類がみずから手に入れなければならない知識だ」と、そっけない。

「だが、あなたにはすでにその知識がある!」ローダンは必死だった。「わたしが助けをもとめるのは、ほかの者たちより優位な立場にいたいからではない。ハイパー空間にいるあいだに五百万人の要員が生きのびる可能性を、あなただけが多少とも保証できるからだ」

「助けることはできない」ひとつ目の男はすげなく答えた。

「そうしたくないのか?」

「きみはわたしの役割を勘ちがいしている。わたしはきみたちに関心を持ち、ときに好意を持つが、あくまで観察者だ。援助はわたしの使命ではない」

「それが最終結論なのか?」と、ローダン。

「最終結論だ」タウレクはうなずく。

「だったら、消え失せろ!」

ローダンは本気でそう思い、苦々しい声でいった。

*

一秒間、ニッキの思考は凍りついたが、すぐに抵抗の意志が目ざめた。カプセルは見つかってはならない！　腕の筋肉に力を入れた。だが、触手は容赦なくつかみかかる。ニッキは手足を動かして、セラン防護服の重いブーツでロボットの金属製ボディを蹴った。

突然、ヘルメット・テレカムから声がした。

「抵抗してもむだです。まったく動けなくすることもできますが、危害はくわえません。しかるべき者が尋問したいと。それだけです」

ニッキは笑いの発作をおさえるのに苦労して、喉がむずがゆくなった。アルマダ作業工のインターコスモがひどく訛《なま》っていたからだ。おまけに、ありえない節まわしで話すので、まるでアリアを歌っているようである。彼女はヘルメット・ヴァイザーのコンピュータ表示に目を向けて、気をそらした。光る数字を見ると、アルマダ作業工が話している声は一般的な超短波の一一八・二メガヘルツだとわかる。だが、そんな情報に興味があるわけではない。笑いの発作がおさまると、ニッキは力をこめていった。

「わたしをとらえる権利はないでしょう」

ロボットが歌うように返事をした。

「権利に関することをいわれても、ロボットには意味がありません。わたしは指示どおりに動くだけです」

「だれの指示？」

「無限アルマダの指示です」

「権利という概念をふくむ事項に、わたしをとらえる権利は……」

が歌うようにいった。

　このロボットはおしゃべりね、と、ニッキは気づいた。話をつづけてロボットの気をそらさなくては。

「危険が迫ってるわよ」と、ニッキ。「このあたりにはわたしたちの仲間がうろうろしているの。おまえを見つけだして、破壊するわ」

「あなたを拘束している状態なのに？」アルマダ作業工が疑わしげにいう。「あなたの命に敬意をはらわないのですか？」

　ロボットが動きだした。驚愕がニッキを襲う。ベトンがかたまった個所だけ色が薄く、周辺のグレイから明確に浮きあがって見えた。ロボットはそこへ向かっている。

「ここでなにをしましたか？」アルマダ作業工が質問した。

「わたしが？　なにも」と、ニッキ。

「たしかめなければ」

　ロボットは岩だらけの地面の数センチメートル上を浮遊した。二本の触手でニッキをつかんだままだ。ニッキはほぼ水平状態になっていて、足が地面にとどかない。ロボットのべつの把握アーム二本が飛びだし、ベトンの個所を調査しはじめた。

砕く音やきしむ音に混じって、ヘルメット・テレカムから雑音が聞こえた。驚いてインジケーターを見ると、装置がまたべつの周波を測定している。こんどは八九・二メガヘルツと表示されていた。映像周波の中央値にあたる。だれかが映像を送信しようとしているのか？　雑音に混じってかすかな声がした。

「ニッキ、きみの声は周波一八八でキャッチする。なにかあったのか？　助けが必要か？」

ニッキは思わず息をとめた。ウィド・ヘルフリッチの声だ。かれが映像チャンネルを使った理由は明らか。盗聴されないためである。だが、アルマダ作業工の豊富な装備が、ラジオカムの全周波に対応していないとはいいきれない。

彼女はようすをうかがった。アルマダ作業工は粘着物質が凝固した個所で引きつづき作業中だ。ロボットの把握器官の先端からグリーンの細いビームが出て、凝固物質を溶かし、渦巻く蒸気に変えた。カプセルがあらわれる。ロボットは作業をやめた。

「ニッキ……なにが起きた？」ウィドが急きたてた。

「見つかったわ……カプセルが」押しだすようにニッキが答えた。のるかそるか。アルマダ作業工が盗聴していようがいまいが……ウィドに、全銀河系船団に、計画が露呈したと、知らしめなければならない。

「だれに？」鈍いウィドにはまだわからないようだ。

「アルマダ作業工よ」ニッキが苦しげにこたえた。「捕らえられたの。わたし……」

衝撃を感じた。世界が急に旋回する。地面に固定してあったランプの光が乱雑な円を描いて揺れ、著しい速度で遠のく。めりめりという衝突音が、セラン防護服の重い物質を通しても聞こえた。どうやら、投げだされたようだ。胴体のわきにすさまじい圧力で押しつけられていたアームが、消えている。

「グラヴォ・パックを作動しろ、お嬢さん」低くおちついた声がいった。「すぐに逃げるんだ！」

「なにが起きた？」ウィドが映像チャンネル経由で大声をあげた。「ナークトル、きみか？」

ニッキは本能的に反応した。グラヴォ・パックを最高出力に切り替え、推進ベクトルを上部の闇へ向けると、飛びだす。彼女のうしろでちいさな恒星が生じた。ほんの一瞬、燃えあがるアルマダ作業工の輪郭が残像となって見えた。すこし前まで自分を捕らえていた相手だ。白い閃光が雨となり、四方に飛び散った。爆発の光がおさまると、彼女はテラ製輸送ロボットのシルエットを見つけた。ゆっくりかつ慎重に瓦礫の表面に降りようとしている。

セラン防護服の推進装置を操作し、数秒後には推力の向きを逆にした。輸送ロボットがたったいま着地した地点へ向かう。

＊

「探知機が微量のエネルギー活動を記録した」と、ペリー・ローダン。「瓦礫フィールドの二ダース以上のポイントにリフレックスが散在している。われわれがなにをしているか調査するため、敵がゾンデかアルマダ作業工を送りこんだにちがいない。こちらの計画は成功のようだ」

聞いているのはジェン・サリクとウェイロン・ジャヴィアだ。タウレクは招かれないままそこにいるが、ローダンは一瞥《いちべつ》もしない。

「それは、災難がなにも起きないと仮定した場合の話でしょう」ジェン・サリクが悲観的な意見を述べる。「アルマダ作業工が偶然に爆弾カプセルを見つけるかもしれないし、われわれの人員を攻撃するかもしれないのですよ」

「それはまずない」と、ローダンは否定した。「妨害装置は目にとまるように配置した。アルマダ作業工はそれを探すだろう。敵はわれわれが火器管制メカニズムのひとつを妨害できると知ったのだから。アルマダ作業工が妨害装置を除去したのち、さらにあらたな捜索をする可能性はわずかだ。それに特殊部隊は探知機を装備しているから、ロボットが介入すれば気づく」

「それでも、すべて計画どおりと現場から連絡が入れば気持ちも晴れるのですが」と、ウェイロン・ジャヴィアがため息をついた。

「部隊がもどるまで、もうすこしがまんしてもらおう」と、ローダン。「出撃地からのハイパーカム通信など、自殺行為だからな」

「いつスタートするつもりですか……」ジェン・サリクが話しだしたとき、ハッチが開いた。

ローダンは顔をあげ、ゲシールの姿を見て驚いた。彼女の視線はまずタウレクに注《そそ》がれた。なにかいおうとして唇が動いたが、ローダンに向きなおって、

「エリック・ウェイデンバーンを探しているの」と、小声でいった。

「キャビンに案内した。第十四セクター、デッキは……」ローダンはそういぶかりながら、かれになんの用だ？ 答えた。

「どこかは知っているわ」と、大きな目をした黒髪の女はいらだってさえぎった。「そこにいないのよ。どこにかくれたのか、だれにもわからない」

ローダンは勢いよく立ちあがった。悪い予感が意識を急きたてる。インターカムに近づくと、音声指示をあたえた。一秒後、一ロボットの声がした。

「なんでしょう、ペリー・ローダン」

「エリック・ウェイデンバーンはどこだ？」

「半時間前にキャビンを出て、船首方向へ行きました」

「話しかけてみたか？」

「はい。すこし歩きたいとのことでした。拘束しろという指示は受けていませんでしたので」

「ああ、当然だ」ローダンは苦々しくつぶやくと、交信を切った。

一瞬ためらったが、すぐに指示を出した。インターカム・スクリーンに色とりどりのシンボルがあらわれる。

「異星物理学の第二ラボが応答しません」淡々とした声が告げた。

「なんだと!?」

大急ぎで二歩進み、先ほどゲシールが入ってきて開いたままのハッチを出る。タウレクが追いかけてきた。ふたりは転送機に足を踏み入れた。ローダンは簡潔な命令で異星物理学ラボ近辺の転送ステーションを目的地にセットした。幅がひろく照明の明るい通廊に着く。大きなハッチが開き、医療ロボットがあらわれた。ぐったりして動かない人間のからだを運んでいる。

「なにがあったんだ？」と、ローダンが訊く。

「ラボで事故がありました」と、ロボット。「六名が意識不明です」

「どうして知った？」

「警報を受信しました」

「だれからだ？」

「不明です。送信者は名乗りませんでした。異星物理学のラボに事故が発生した、救助が必要だといっただけです」

「通信は記録したか？」

「はい」

「記録をただちに司令室に送ってくれ。負傷者の容体は？」

「中程度の精神的ダメージです。四時間後には回復します」

「わかった。作業をつづけてくれ」

ふたりはラボに入った。のこりの意識不明の五名も運ばれていく。ローダンが予測していた荒れたようすは影もかたちもない。事故の被害はラボ内で作業していた人間だけにおよんだようだ。ローダンは実験台のひとつへ向かう。先ほどまで使用されていたらしい。入念に調べると、タウレクを振り返って、

「もうここにはいないな」と、いう。

ひとつ目の男はうなずいて、実験結果が記録されているヴィデオ・ディスクを指さした。

「きみの専門家たち、装置分析に成功しなかったようだな。結果はすべてネガティヴだ」

ローダンはインターカムを作動させ、警報モードに設定した。これで自動的に船内保安部の全組織に接続される。

「こちらはローダン」と、名のった。「緊急レベル一。エリック・ウェイデンバーンの追跡をただちに準備せよ。ウェイデンバーンは異技術による通信装置を保持している。無限アルマダ中枢との交信を可能にするものだ。異星物理学第二ラボから暴力的に奪い、そのさい、科学者六名が負傷した。ウェイデンバーンを捕らえ、装置を押収せよ」

医療ロボットは救助を終え、すでに退去していた。開いたハッチから、ウェイロン・ジャヴィア、ジェン・サリク、ゲシールが飛びこんできた。ローダンは簡潔に報告した。

「ウェイデンバーンを非難できないわ」ゲシールが考え深げにいった。「あの装置はもともとかれのものよ。あなたたちが奪ったわけだから」

「銀河系船団の安全を脅かしたからだ」と、ローダン。「きみはかれを探していたな。なぜだ?」

ゲシールはローダンをじっと見つめた。あざけるような微笑を浮かべている。言葉がなくても、彼女のいわんとしていることがわかった。あなたには関係ないわ、と、いいたいのだ。しかし、最後には答えた。

「キウープがどうなったか、いまどこにいるのか、訊きたかったのよ」

「キウープだと！」思わずローダンが大声になった。「キウープがどこに姿を消したか、なぜよりによってウェイデンバーンが知っている？　まったく関わりがないではないか！」

ゲシールの目はなにも語っていない。

「あなたの知らない関わりがあるのよ」と、淡々と告げ、背を向けて出ていった。

ローダンは彼女を追いかけ、釈明をもとめたかった。だが、すぐに無意味だと思いなおした。いうつもりがなければ、いわないだろう。宇宙のどんな権力も、ゲシールの口を割らせることはできない。いまはもっと重大な用件があるのだ。黒い目の女の気まぐれなど気にかけていられない。ローダンは予期せぬ不快な出来ごとの記憶から逃れようと首を振り、技術ロボット一体を呼びよせた。

「ここで警戒にあたれ」と、命じた。「ラボは封鎖する。立入禁止だ……わたしといっしょの者以外は」

「了解しました」と、ロボット。

ローダンと同行者たちは司令室に向かった。医療ロボットへのインターカム通報記録がすでにとどいていた。ウェイロン・ジャヴィアが再生させると、男の興奮した声が聞こえる。しかし、興奮はどこか不自然で、よそおったもののように聞こえた。

「異星物理学第二ラボで事故が発生した！」と、まくしたてる声がする。「至急、医学的救助を要請する」

「そちらの名前は？」と、通報を受けたロボット。「なぜ映像通信のスイッチを入れないのですか？」

「それがどうした？」興奮した声がむきになったように、「さっさとラボにこい。そのほうが重要だ！」

かすかなうなり音がして、通信が切れたことをしめす。ローダンは周囲を見わたした。

「公式の声紋分析は省略できるな」と、ローダン。「それともこの声がエリック・ウェイデンバーンのものではない、という者はいるか？」

だれも答えなかった。

＊

スプリンガーのナークトルが、輸送ロボットの空《から》の荷台から浮遊しておりてくる。光環の縁で、赤熱した金属部品がゆっくり燃えつきようとしていた。アルマダ作業工の最後の残骸である。

「きみたちの通信を聞いてたのさ」と、ナークトル。「警告する時間はなかったよ。ロボットが、発見したものを無限アルマダに報告しようと思いたったら、すべてだいなしだからね」

「ありがとう」ニッキは礼を伝えた。

顔をあげると、一体めのアルマダ作業工は、すでに闇に消えていた。ニッキの輸送ロボットを破壊し、妨害装置を持ち去ったが、そのあとの二体めの出来ごとに気づいた可能性はほとんどない。その一方で、ナークトルのいったことが気になる。スプリンガーに破壊される前に、二体めのアルマダ作業工がすでに報告を送信していたとしたら？

爆弾カプセルを保管した場所へ浮遊していくと、粘着物質のほとんどがなくなり、カプセルがあらわになっていた。ニッキはあらためてカプセルを固定し、かたまったベトンの上に、両手いっぱいの目の粗い石をばらまいた。そうすれば周囲から目立たない。

やがて、岩塊の反対側で爆弾を設置していた同行者ふたりがやってきた。アルマダ作業工に対する警告が聞こえたとき、ふたりは掩体《えんたい》に身をかくしたため、ニッキが体験したことについては、ヘルメット・テレカムで受信したいくつかのやりとりしか知らなかった。ニッキがまさに奇妙な冒険について物語ろうとしたそのとき、光環の向こうの闇からもう一台の輸送ロボットがあらわれ、ランプの横に着地した。

「あんなに無責任で軽率な行動は、いままでの人生で見たことがない」ウィド・ヘルフリッチが甲高《かんだか》い声でまくしたてた。「わたしはきみがしたことをぜんぶ見ていたんだ、ナークトル。あと半回転させていたら、ニッキはアルマダ作業工と岩のあいだで押しつぶされていたぞ」

「ばかいえ」と、スプリンガーがうなり声をあげた。「ロボットの方向感覚を奪うため、牽引ビームで高くほうりあげて、回転させたのさ。で、岩にぶつかる直前に回転をとめた……ニッキの安全を確認したからな」

ウィドが近づいて、

「そんなこと、計画どおりにできるわけないだろう!」と、がなりたてた。「いっておくが……」

「黙れ!」ナークトルが食らいついた。「それよりひとつ聞きたい。いまごろここにあらわれたのはどういうわけだ? ニッキがきみを待っていたら、いまごろは無限アルマダへ連れていかれてたぞ」

ウィドはうつむき、

「わたしは……方角を見失ったんだ」しょんぼり白状した。「瓦礫群のまちがった側に着地してしまった。おそらく、輸送ロボットの航法システムに不具合が……」

ナークトルが冷笑した。

「喧嘩はやめてよ、坊やたち」ニッキがあいだに入った。「ウィド、あんたがあの救済作戦をどう評価してるかは、どうでもいいわ。わたしはとにかくナークトルに感謝してる。それよりあんたたち、重要なことを見落としてるわよ」

「なんのことだ？」スプリンガーが不機嫌にたずねた。

「アルマダ作業工が破壊される前に、報告を送信したかもしれないわ」

ウィド・ヘルフリッチが思わず上を見あげて、

「ということは、じきにここはアルマダ作業工でいっぱいになる」

「そのとおり」と、ニッキ。「あんたたちの輸送ロボットは空《から》でしょ。任務をやりとげたということ。帰りましょう。早ければ早いほどいいわ」

＊

カルサナル・ズーは満足げに未知の装置を眺めていた。最初にもどったアルマダ作業工が《ボクリル》に持ちかえると、即座にズーの部下の技術者たちが分析にかかり、装置の機能は短時間で解明された……なにを探せばいいか正確に知っていたことが、助けになったのだ。

「わたしのいったとおりです」と、ズーはジェルシゲール・アンに向きなおった。「この装置はわれわれの火器管制システムを妨害するためのもの。どうやら異人は、瓦礫部隊の攻撃時に、こちらの火器管制の原理を解明するのに成功したようです。原始的な装置ですが、効果は抜群ですな。もしもわれわれがひとつのシステムしか持っていなかったら、いまごろ艦載兵器はすべて無価値になっていたでしょう」

アンは片手をあげて了解をしめすと、あいている手で盛りあがった背中の瘤を掻いた。

「異人がそれほど賢いのなら」と、アン。「われわれのシステムが多重方式になっているることくらい、思いつくはず。火器管制システムのひとつが機能しなければ、次のに切り替えるだけのこと。かれらの兵器システムだって同じはずだ。ひとつ妨害したところでむだな苦労だと、なぜわからないのだろう？」

「わたしは技師であって、心理学者ではないので」と、カルサナル・ズーが答えた。「異人のメンタリティまではわかりません。ただ、技術的な証拠物件そのものが物語っていると思いますが」

「おそらくきみのいうとおりだ」と、アン。「全アルマダ作業工の出動報告を中央コンピュータにすべて記録するようにしてくれ。もしかしたら、なにかわかるかもしれない」

それだけいうと背を向けて、《ボクリル》の司令室へ向かった。そこでは、ターツァレル・オプがはげしく興奮したようすで待っていた。

「アルマダ作業工を一体、失いました！」と、大声で報告した。

「むやみに大声をあげるんじゃない」アンがたしなめた。

「そのアルマダ作業工の識別番号は……」

「それはどうでもよろしい」

「……誤作動により、ほかの作業工と同じセクターに送られたのです。その識別番号は……いえ、それはどうでもいいんでした……つまり、同じ大きめの岩塊に送られたのですが、その岩塊の座標は……」

「用件をいえ、オプ！」アンが雷を落とした。

「は、つまり、そういうことでして」オプが憂鬱そうに答えた。「もともと担当だったアルマダ作業工は指示を実行し、《ボクリル》に帰艦したのですが、誤作動したほうはいきなりコンタクトがとだえました。最後に受信したインパルスの配列にはある種の特徴があり、破壊されたとしか考えられません」

「その前に報告は受信しなかったのか？」

「いえ」

ジェルシゲール・アンは疑惑をおぼえた。説明できない出来ごとだ。だれが……あるいは、なにが……アルマダ作業工を破壊したのだろう？　しばらくのあいだ、入ってくる報告をすべて追った。アルマダ作業工の出動は円滑に運んでいた。岩塊に着地し、妨害装置を発見し、獲物を持ち帰ってきている。妨害装置をとりつけた敵の輸送ロボットに遭遇したのは、合計五回。どのケースも異ロボットの破壊で終わっている。アルマダ作業工が破壊された瓦礫の上でも、状況は同じだ。この一体をのぞいて、アルマダ作業工の破壊はほかに起きていない。すべてが無傷で無限アルマダにもどってきていた。

考えていくうち、アンの疑惑は消え去った。敵の輸送ロボットが自衛手段を装備していたということ。ほかの遭遇ケースでは、アルマダ作業工は敵のロボットにまさっていたが、失われた一体の場合は、そのような装置の犠牲になったのだろう……アンは容易にそう思いこんだ。

一時的に探知機の調整を引きうけていたペルティファー・クイからあらたな報告が入ると、アンはこの突発事故を完全に忘れた。敵の部隊近傍で動きがあったのである。八機の飛行物体が飛行を開始し、包囲艦隊に近づいていた。警報発令の準備をさせるべきだろうか。アンがそう思案していると、クイが二度めの報告をしてきた。

「あれはアルマダ牽引機です」驚きをかくしもせずにいった。「インジケーターを見れば明確にわかります。われわれの牽引機が、敵の近傍でなにをしていたんでしょう?」

ターツァレル・オプが交信に割りこんだ。

「敵の陽動作戦だ!」興奮して大声をあげた。「アルマダ牽引機に擬装しているにちがいない。われわれにじゃまされずに近づこうとして」

「考える前に話すことは、大人のシグリド人に、それも責任ある地位の者にふさわしくない」と、アンが教師口調でたしなめた。「アルマダ牽引機は特殊に暗号化された識別コードを持っている。われわれのコンピュータだけが理解でき、だれにも模倣できない。ちなみに、あの八機があらわれたのには非常に単純な理由がある」

「それはなんです?」オプはわけがわからない。

「アルマダ中枢はあれに使者を乗せて、異人の命令権者に送った。それがいまもどってきたということは、意味することはひとつ。敵は無分別にも、アルマダ中枢の提示した計画をはねつけたのだ」

「戦闘開始ですな」オプが息もつかせずにいう。

「そのようだ」アンはゆったりと答えた。

＊

グッキーがインターカムで連絡してきた。

「ウェイデンバーンのシュプールはいまのところ、なし」ひどく怒っている。「あいつ、頭がいいよ。辺鄙《へんぴ》なセクターにはかくれてなかった。そういうとこなら、かくれ場が何千って見つかるのに。ぼかあ、フェルマーといっしょにぜんぶ探したからね……成果なしさ。テレパスから身をかくすには大衆のなかがいちばんだって、ウェイデンバーンは知ってるんだ。メンタル・インパルスの海のなかに、自分のシュプールが消えちゃうからね」

「おそらくマスクを装着しているだろう」ペリー・ローダンは考えこんだ。「どうであれ、引きつづき探してくれ。いざとなったら、全乗員を身元確認しよう。そうすれば見逃さない」

「いまはまだ、いざじゃないってことかい？」ネズミ＝ビーバーはびっくりしている。

「まだだ。ウェイデンバーンはアルマダ中枢に連絡したくて通信装置を持っていったのだから、とっくにそうしただろう。重要なのは通信の内容と、無限アルマダの反応だ。とくに後者は、ほかの方法でたしかめられる」

「わかったよ、お兄ちゃん」イルトはふざけながらも、すこしうんざりしているようだ。「引きつづき探すよ」

すこししてローダンは格納庫主任から報告を受けた。

「最初の突撃部隊が帰船しました。そのなかの三名が、どうしてもチーフと話したいそうです。おわかりでしょうが、三銃士です」

数分後にはニッキ・フリッケル、ナークトル、ウィド・ヘルフリッチがローダンの前にすわっていた。ニッキが事件を簡潔に報告した。

「破壊される前に、アルマダ作業工が通信報告した可能性があります。わたしたちの装置では探知できませんでしたが」そして、こう締めくくる。「その場合、こちらの意図は露呈したとみなさなければなりません」

ローダンがうなずいた。

「たしかに、ときおりアルマダ作業工が包囲艦隊に報告を入れていたのは確認ずみだ。

きみと戦った一体もそうしたかどうかは、いまの混乱状況では突きとめようがない。だが、敵はじきにわれわれの計画を知ることになろう」そこで立ちあがり、若々しく挑戦的な笑みを浮かべる。「それに対する特効薬はただひとつ。すぐに出発だ」

それを合図にしたかのように、緊急を知らせるインターカムのシグナルが鋭く鳴りひびき、スクリーンが明るくなった。二画面に分割されている。ひとつにはウェイロン・ジャヴィアの不安な顔が、もうひとつには探知機のとらえた映像がうつしだされていた。「ウェイデンバーンの乗ってきた八機のアルマダ牽引機がすこし前にスタートし、無限アルマダ艦隊にもどっていきます」と、ジャヴィア。

「つまり、ウェイデンバーンは報告を送信したということだ」暗い声でローダンがコメントする。「ウェイロン、その意味はわかるだろう？」

「われわれがアルマダ中枢の提案に応じないことが伝わった」《バジス》船長が答える。

「無限アルマダが攻撃してきますね」

「そのあいだにわれわれ、そっと逃げだす」ローダンがつけくわえた。「発進の合図を、ウェイロン。コンピュータが全艦船から準備完了の通知を受信したら、ただちにスタートする。タウレクを呼んでもらいたい……」

「ここにいる」威嚇的な声にローダンは中断させられた。ウェイロン・ジャヴィアがわきによけると、そこにコスモクラートの使者があらわれた。黄色い目をからかうようにきらめかせて、「ひとつ忘れているぞ、テラナー」

「なにを？」と、ローダンは驚く。

「指揮官が必要だ。フロストルービンに突入するさいの機械的な衝撃に対しては、きみたちはそれを克服すべく、みごとに準備した。だが、どのコースを飛んだらいいかは知るまい」

「知っているさ」ローダンは冷ややかに答えた。「つまり、フロストルービン内へ向かう最短コースだ」

タウレクは右手を振って否定した。テラナーをまねるのが好きなのだ。

「わたしがきみの立場なら、それほど確信できないね」と、陽気に告げた。「わずかなニュアンスのちがいが大きな差異を生む。弁解は無用だぞ。わたしは決心した。銀河系船団とわが乗り物を、航法技術的に連結するのだ。そのくらいの時間はある。きみたちのコンピュータを使えば、かんたんなこと」

「なんのためだ？」ローダンがたずねた。

「まだわからないのかね？」タウレクはスピーカーが共鳴するほど大声で笑いだした。

「約束どおりわたしが《シゼル》できみらの前衛をつとめるのさ！」

4

宇宙が燃えている。

カプセル爆弾が点火され、数光月の幅の巨大な炎の壁が銀河系船団のポジションをとりかこんだ。細工された瓦礫片の物質が、原子の炎にむしばまれ、エネルギーに変わっていく。二百万年以上前、フロストルービンが縮退した矮小銀河の残骸からすべての熱エネルギーを奪って以来、この宙域においてはじめて、ふたたび明るさが支配している。原子核崩壊プロセスで、スペクトルのあらゆる色が生じた。巨大な光のカーテンがオーロラのように揺れ動き、かつて暗かった宇宙空間を移動していく。それまでクォークとグルーオンの素粒子構造に閉じこめられていた、著しい量のハイパーエネルギーが解きはなたれた。テラ船の複雑な高感度計測装置が、ひっきりなしに反応する。

ペリー・ローダンは満足していた。この状況では、敵も銀河系船団の作戦を把握できないだろう。最初の驚愕を克服し、勇気を奮いたたせて動く炎の壁を抜けたとしても、二万隻の宇宙船がいたポジションはすでにもぬけの殻だ。

成功の確信を強める理由はまだある。最初にこの計画を思いついたときは、フロストルービンがあらたに目ざめ、原子核崩壊で生じるエネルギーを瞬時に吸収するのではないかと危惧していた。その場合、計画していた巨大花火は、たよりない炎の明滅にしかならないであろう。無限アルマダの注意をそらすにはあまりに貧弱だ。だが、過去数カ月および数年に、自転する虚無の周辺では多岐にわたるエネルギー活動が観測されていたが、それでもフロストルービンがかつての貪欲な欲求を、解きはなたれたエネルギーで満たすようなことはなかった。それを知って、ローダンは危惧を払拭《ふっしょく》したのである。

そしていま、かれの正しさが証明された。宇宙が核爆発により光り輝いても、フロストルービンに動きはない。解放されたエネルギーは、銀河系船団の全搭載兵器のエネルギー量を数百万倍もうわまわっていた。それでも無限アルマダは、自分たちが攻撃されたとは思うまい。炎の壁は巨大かつ圧倒的で、目のくらむような色彩を振りまいて輝いている。しかし、その場から動くことはないし、包囲艦隊の最前線はそこから数光時はなれているのだ。それがポイントだった。この冒険がどういう結果に終わろうと……ローダンは、敵対行為をはじめた側になりたくないのである。敵にそう誤解されることさえも避けたい。

数分前から銀河系船団は動きだしていた。タウレクは謎めいた小型機《シゼル》に乗りこみ、《バジス》からはなれた。全艦船は、オートパイロットを《シゼル》のコースに調整。船団はまとまってひとつの編隊をつくり、《シゼル》の機動に応じて動く。

いまのところ、敵のシュプールはない。この状況では、探知機も無限アルマダの接近を知らせようがないだろう。それでも、確信をもっていえる。もしもアルマディストたちが炎の壁をこえてきて、こちらの作戦に感づいたとしたなら、銀河系船団の逃亡を阻止していたはずだ。だが、フロストルービン周縁部を進むあいだ、なにも起こらなかった。

《バジス》の司令室は集中して張りつめていた。計画では、《シゼル》は四分後にフロストルービンの境界線を通過する。その三分後には《バジス》が、銀河系船団の先頭を切って《シゼル》につづく。船団全体が通過するのは半時間後とみていた。瓦礫上の核の炎は一時間以上、燃えつづけるであろう。無限アルマダは銀河系船団の撤退を妨げようがないと思われた。

しかし、そのあとに、なにが待ち受けているのか？

タウレクから連絡が入った。

「われわれ、正しいコースにいる。いまのところ、無限アルマダはこちらの計画に気づいていない」黄色い虎の目が強く輝いた。かれは楽しんでいる、と、ローダンは驚愕した。「われわれ、かれらが気づく前に姿を消したぞ！」

なんと奇異な男だ！ローダンはそう思った。タウレクはみずからを、関心と好意を持つ観察者と呼んだ。テラナーに知識をあたえることは自分の使命ではない、ともいった。だが、そのわずか数時間後、銀河系船団とともに冒険に出ると決心した。この活力はどういう動機から生まれるのか？　無知な生徒に豊かな知識を誇示してよろこぶ教師のように感じているのか？　それとも、これがかれの好意で、それがいま表面にあらわれているのか？

「フロストルービンの境界線をこえたあとも、ひきつづき運命がほほえんでくれるといいのだが」ローダンが懸念する。

「心配はいらない」タウレクは上機嫌だ。「計画どおりだ。われわれ、無抵抗の道にいる。めざすはM－82だ」

通信が切れた。スクリーンの上の縁でシグナルが赤く点滅する。《シゼル》が致死線をこえたのである。

次の一分が決定的な意味を持っていた。タウレクの乗り物がフロストルービンの内部にいる一方、銀河系船団はまだアインシュタイン空間にいるため、《シゼル》と全船のオートパイロット間の連結は無効となる。一隻たりともその移動パラメーターを動かさないことに、すべてがかかっていた。もし、いま敵があらわれたら、カオスが生じるであろう。

ローダンはクロノメーターの数字をじっと見ていた。秒の表示が進んでいく。目のはして、なにか動きをとらえた。ウェイロン・ジャヴィアが手招きしている。そちらを見やった。

「チャンネル四番に通信が」おさえた声だが、興奮している。「話がしたいそうです」

「だれだ？」と、ローダン。「よりによって、いま？」

ジャヴィアがいらだったようにコンソールのキイをさしめす。ローダンはインターカムのチャンネル四番を押した。エリック・ウェイデンバーンが怒りで顔をゆがめ、一瞬、われを忘れる。スクリーンからこちらを凝視する姿を見て、大口を開けてなにかいっていた。ローダンは音量つまみをまわしてボリュームを調整。かろうじて聞こえたのは、次の言葉だった。

「……いったい、どういうつもりですか？」

「なにが？」かれはしずかにたずねた。「きみの話が聞こえなかった。音量がゼロになっていたのでね。いま、どこにいるんだ？　何時間も探したのだぞ」

「なにが、ですって？」ウェイデンバーンは金切り声だった。「アルマダ中枢の望みにあらがう権利など、あなたにはありません。《バジス》がスタートしたことはわかっています。無限アルマダに向かっているわけではないことも」

「そのとおりだ」ローダンはおちつきはらって応じた。しかし、エリック・ウェイデンバーンは話を聞かず、われを忘れて、怒り狂っている。

「ぜんぶあなたの責任ですよ。人類は自分たちに課せられた使命をはたせなくなってしまう。宇宙航行の目的は上位次元の存在形態を見つけること以外にないというのは、宇宙の法則なのです。われわれはスタックのすぐそばにいた。それなのに……」

「われわれ、いままさに飛びこむところだ」ローダンは鋭い声でさえぎった。その強い口調からは、とりみだしたウェイデンバーンでも逃れることができない。「きみが讃美するスタックのただなかに。どうなるか、見ているがいい」

巨大宇宙船に大きな衝撃がはしった。照明が明滅する。インターカム・スクリーンが暗くなり、エリック・ウェイデンバーンの衝撃にゆがんだ顔も消えた。だれかが叫び声をあげた……痛みのせいではなく、驚きの悲鳴だ。フロストルービン周囲の瓦礫フィールドを色づけしていたコンピュータ映像が、突然パノラマ・スクリーンから消え、かわって、実際の銀河の星々の映像があらわれる。

《バジス》は致死線をこえた。

*

それからの数時間を救ったのは、ルーチン作業だった。

数千回くりかえしてきた操作や、すっかり習慣となった手順をこなしつつ、かれらは自動装置のように行動した。すべきことは、すべてなされた……ほかにどうすべきか、わからなかったから。

探知結果は次のとおり。タウレクの《シゼル》は半光秒、先を進んでいる。連結はまだ生きていた。《バジス》をとりまく漆黒のなか、銀河系船団の艦船が一秒に満たない間隔で次々に実体化していく。

走査結果は次のとおり。あたりに障害物は見あたらない。《バジス》はエンジンを停止させていた。《シゼル》のあらゆる機動に即座に対応するため、操縦システムの一バッテリーだけが作動している。

コンピュータ分析は次のとおり。電磁波の波長が〇・一ナノメートルから一ミリメートルの範囲にある恒星の数は二百億に達する。その分布は非常に異方的で、未知天体の大多数は《バジス》の進行方向の左三十度のあたりに凝集していた。銀河系船団が実体化したのは、平均的な大きさの一銀河の周縁領域だ。秒速六万五千キロメートルの相対速度で恒星凝集域の中心に向かっている。遠方にはかなりの数の光点が確認され、数百万光年の距離にある銀河だろうとハミラー・チューブが見当をつけた。もう疑いはない。フロストルービンの境界線の向こうにかくれていたのは、ほかとなんら変わらぬふつうの銀河だったのだ。

障害コントロールに関しては次のとおり。《バジス》の発電システムは、短時間の高負荷を特筆すべきダメージもなくもちこたえた。船団のほかの艦船からも同様の報告がとどいた。この数週間、克服しがたい障害とみなされてきた死にいたるバリアへの恐怖は、消滅していた。

のこる問題はひとつだけだ。全員の思考はそこに集中している。ここからどこへ行けばいいのか？　ハイパー空間の因果性消失が表面化するまで、あとどれくらいかかるのか？　これとはべつの銀河があらわれるのはいつなのか？　非因果性のジャンプを終えて、見慣れた宇宙空間へもどることができるのだろうか……人類が方向を見定められる世界へ？

タウレクがラジオカムで呼びかけてきた。

「全艦船そろった」と、明言した。「ここでひとり寂しく旅する理由はもうない。そちらへもどる」

ペリー・ローダンは張りつめた面持ちで、《シゼル》のぼんやりした映像が動きだし、探知スクリーンの中央へ向かって滑りだすのを見ていた。開いた格納庫エアロックからの光に照らされ、奇妙な乗り物がうつしだされた。直径十メートル、長さ八十メートルのパイプに、鞍《くら》に似たシートとピラミッド形の操縦装置がついたプラットフォームがとりつけられている。鞍にはタウレクがすわり、プラットフォームは透明な防御バリアに守られていた。

司令室の出入口付近に動きがあって、船内保安部の男ふたりがエリック・ウェイデンバーンを連れてきた。ウェイデンバーンはふたりに肩と腕をつかまれ、振りはらおうとしている。力があるほうではないのに、保安係はかれを押さえつけるのに苦労していた。頭上、手の幅ほどのところに、むらさき色に輝くアルマダ炎が浮遊している。アルマディストたちに受け入れられたしるしだ。

「われわれ、かれが通信を送った接続場所を突きとめました」保安係のひとりが報告した。「居住区域でした。空き部屋にかくれていたのでして」

「冒瀆《ぼうとく》だ！」ウェイデンバーンがつんざくような声で叫んだ。「きみたちはスタックを汚している」

ローダンがスクリーンを指さし、

「きみがスタックといっているのは、これのことか？」しずかにたずねた。

「きみたちは穴のなかで暮らす動物と同じで、目が見えていない」ウェイデンバーンが口から唾《つば》を飛ばして応じた。「スタックの外見などどうでもいい。魂をつつむ平安に気づかないのか？　意識が宇宙とひとつになる、この調和を感じないのか？」

「ずっとこんな調子なんです」保安係は、肩をすぼめてすまなそうにいいそえた。ウェイデンバーンの非礼を詫びるかのようだ。「平安だの調和だの、ずっと同じたわごとをいっています。わたしにいわせれば……」

かれはみなまでいわず、自分の頭をひとさし指でさした。

「エリック、きみの無分別で強情な態度はもう黙認できない」ローダンは事務的だが、鋭い声でいった。「われわれには、きみといいあらそいをするより重要なことがある。おとなしくできないなら、これ以上じゃまができないよう収監する」

「ほう」ウェイデンバーンが嘲笑した。「二千八十歳にもなるのに、なにも学ばなかったようですな。好きになさるがいい。人類が石器時代から非追従者《ついしょう》にしてきたこと。しかし、真実はかならず明るみに出ます。あなたがたはフスを火刑に処し、ガリレイを弾劾した。わたしのこともそうすればいい。それでも、あなたがたに神の慈悲を……」

ウェイデンバーンは保安係を振りほどき、握りこぶしを振りあげてローダンに襲いかかった。一瞬、保安部の男たちは動揺したものの、すぐにうしろから跳びかかり、被害が出る前にかれを捕らえた。

「こっちへくるんだ。ミスタ・フス＝ガリレイ」保安係がやさしい声で話しかけた。

「きみはじつに危険な男だ。拘束服を着てほしいくらいだよ」

「キャビンを割りあててやれ」ローダンはふたりに指示した。「辺鄙な区域がいい。たとえば、セクター二十だ。監視をたのむ。自由に動いていいが、キャビンをはなれるときは、毎回だれかが同行しろ」

エリック・ウェイデンバーンは連れ去られた。背後で大型ハッチが閉じるまで、叫び、助けをもとめ、悪態をついていた。そのすこしあと、タウレクが転送機の受け入れ部で実体にもどった。よろこばしくないことが起こったと察知したようである。

「ウェイデンバーンか？」と、タウレク。

「鋭い観察眼だ」と、ローダン。「保安部が見つけた。完全に狂ってはいないにせよ、精神のバランスを失ったのではないかと危惧している」

肉食獣の目の男はそのテーマには関心がないようである。

「われわれ、この宇宙に小一時間滞在している」と、タウレク。「わたしがまちがっていなければ、最初の非因果性ジャンプが間近に迫っている。そのあとは……」

警報音が耳をつんざいた。タウレクのための演出だったとすれば、これ以上のタイミングはない。大スクリーンから星々の映像が消え、輪郭のない明るいグレイになった。一秒とたたずにあらたな映像があらわれた。宇宙の無限の漆黒。そこかしこに、ぼやけた光点がかすかにあるだけだ。

《バジス》は不可測のコースをたどり、異宇宙に運ばれた。

その後の数分間はふたたびルーチン作業が主となる。探知機とコンピュータは狂ったように作動し、四十秒以内で銀河系船団の全艦船が非因果性のジャンプをともにしたことを突きとめた。フォーメーションに変化なし。非因果的事象により、銀河系船団が動いたのではなく、いままでの宇宙を異宇宙にとりかえただけに見えた。

ローダンはタウレクに向きなおり、

「なにかいいかけたようだが」と、いった。「〝そのあとは……〟のつづきは？」

コスモクラートの使者は考えこんでいるようだ。いいづらそうな顔で、

「そのあとは」と、つづけた。「セト＝アポフィスの最初の攻撃にそなえることだ。永遠に妨害してこないわけではない……残念ながら」

＊

銀河系船団はさらに二回の非因果性ジャンプをもちこたえた。およそ二万隻の宇宙艦船の相互のポジションは、一メートルと変わることはなかった。ペリー・ローダンは自室キャビンにもどる。休息が必要だった。ハイパー空間にはもともと予測していたような危険がないことが明白になり、《バジス》内の乗員男女はおちつきと自信をとりもどしている。ほかの艦船からも似たような報告がよせられ、当初の心配と不安は克服された。ここから長い待機段階がはじまる。タウレクによると、船団はいずれかの因果性ジャンプにより、なじみある宙域にもどれるとのこと。ただ、コスモクラートの使者も、それが何回めのジャンプになるのかは知らないようだ……あるいは、知らないふりをしているのか。

ローダンはハミラー・チューブに接続し、

「出来ごとの関連がわかるか？」と、たずねてみた。

「おっしゃっているのは不可測の飛行現象についてですね、サー？」ポジトロニクスは独特の表現方法で応じた。

「そうだ」

「法則をいくつか発見しました、サー」

「話してくれ」

「われわれ、可測平面をあとにしました」ハミラー・チューブは説明しはじめた。「いまはハイパー空間にいますが、人間の意識は五次元連続体を知覚できません。ですから、ハイパー空間でのことは、複数の異なる宇宙による恣意的かつ非因果的なふるまいだと知覚されるのです」

「それはわかっている、ハミラー」ローダンが中断した。「わたしが知りたいのは、タウレクが話していた無抵抗の道についてだ。エンジン制御からいっさい手を引けば、どうやらM－82への最短コースをたどるらしい」

「わたしの見解では、それは自然現象ではありません、サー」と、ポジトロニクスが説明する。「セト＝アポフィスが作用しています……意識的か、無意識的にか」

「説明してくれ」ローダンがたのんだ。

「周知のとおり、セト＝アポフィスはM－82にいて、収集した意識片をフロストルービン内部に保管しています。この意識片がセト＝アポフィスと同一であることも、われわれは確信しています。そのため、M－82があの超越知性体の〝居所〟として語られると、いささか頭が混乱するわけです。むしろフロストルービン内が居所ではないのか、と。この矛盾を解明するには、遠い過去にさかのぼらなければなりません。セト＝アポフィスは超越知性体となる前、なんだったのでしょうか？　おそらく、どちらかといえばふつうの生物だったでしょう……あなたのような、サー」

「どうも」ローダンはおかしそうに応えた。

「その生物が、どこかの時点で意識片の収集をはじめ、それをフロストルービン内部に送りこんだのです。その当時は、おそらくM－82が居所だったので、そこから送りこんだのでしょう。これにより自動的に、あるいはセト＝アポフィスが利用したなんらかのメカニズムによって、ハイパー空間にあるフロストルービン内に一種の分極作用が生じました。こうして、ハイパー空間に放置された物体は自動的にM－82へ送りこまれるようになったのです。これはセト＝アポフィスにとってきわめて好都合だったはず。意識片を送りこむあいだ、フロストルービン内でするべきことがあれこれあったでしょうが、自分の身をゆだねるだけで、つねにM－82へ自動的に帰れるのですから。

想像してみてください、サー。ハイパー空間の一部、われわれがいまいるところを丘だとします。どこであれ、フロストルービン内部に侵入したものは、すべて丘の頂上にたどり着きます。M－82とフロストルービン内部との密接な結びつきにより、丘の側面に溝ができたとしましょう。銀河系とテラのあるなじみある宇宙は、ここでは丘がそびえている平地です。フロストルービンに侵入し、丘の上にたどり着いた物体は、理論上は任意の側面を転がり落ちさえすれば、もとの宇宙の任意の場所に再実体化できるはず。しかし、実際は溝に入ってしまうのです。溝が平地に接する地点は、M-82銀河内のポジションということ。具体的なイメージがつかめましたでしょうか？」

ローダンはすぐには答えず、考えこんでいた。

「じつに具体的だった、ハミラー」と、しばらくして応じる。「しかし、上位連続体理論には丘も溝も存在しない。いままできみがつきとめたことを、試験可能な仮説にできないか？」

「努力します、サー」ハミラー・チューブが答えた。「真剣な声に聞こえますが、サー。この件を重視しているのですか？」

「いまいましいが、そのとおりだ！」ローダンがはげしい声で答えた。「船内にはこの件についてもっとくわしい男がいる。だが、自分は関心と、ときに好意を持つ観察者であり、知識を分けあたえるためにきたのではないという。気がつけば、いまのわたしにはうらやまれるところなど、ほとんどない。艦隊がいつ目的地に到達するのか、いえない司令官なのだから……そもそも、どこへ向かっているのかもわからない」

「事情はわかります、サー」ハミラー・チューブが同情をにじませていった。

「くわえて、今後は頻繁にこのような窮地におちいることになる」と、ローダン。「われわれ、ハイパー空間に関する信頼のおける知識なしには、もうやっていかれないのだ」

「わかっています、サー。ベストをつくします」

「進展があれば、知らせてくれ」ローダンは要求した。「いまのところそれだけだ」

接続が中断された。居心地のいいちいさなキャビンに静寂が訪れる。ローダンは安楽椅子に身をあずけた。リクライニング・メカニズムが作動。椅子はたいらな寝台に変化し、ローダンはほどなくして眠りに入った。

騒がしい物音に目がさめた。すぐ近くから聞こえる。驚いて飛び起きると、ロボット二体がキャビンの家具をかたづけようとしていた。ハッチは開いており、すでに家具調度の数々が外の通廊に運びだされていた。

「いったいぜんたい、なにをしている？」ローダンが雷を落とした。

ロボット二体は作業をやめ、一体が返事した。

「船団司令部の命令です。宇宙船のこのセクターは立ちのきとなりました」

ローダンは啞然としてロボットを凝視した。

「船団司令部？　そんなもの、このわたしがなにも知らないのに？　おまえたちに命令を出したのはだれだ？」

「ブルーク・トーセンです」

その名にローダンは鞭に打たれたような衝撃を受けた。ブルーク・トーセン、ジャルヴォン商館の輸入管理官。セト＝アポフィスの工作員で、のちにハルト人のイホ・トロトと苦難をともにした。どういう事情かは明らかでないが、自転する虚無の周囲の瓦礫フィールドにともに漂着したのだ。ブルーク・トーセンはもう生存していない。瓦礫フィールドで死んだ。最終的にその死が、ハルト人をセト＝アポフィスへの反逆者にしたのである。

そのブルーク・トーセンが、セクター立ちのきの指示を出しただと！

「命令はどのようにして受けた？」ロボット二体にたずねた。

「インターカム経由です。船団司令部の私用チャンネルからでした」と、答えがある。

「おまえたち、わたしがだれだかわかるな？」

「はい、わかります」

「立ちのき命令は無視せよ。ブルーク・トーセンからまた命令がきたら、それも同様だ。中央ロボット管理部にも伝えろ。それから、キャビンをまた住める状態にしてもらいたい」

ロボットはしたがった。二分とかからず、ペリー・ローダンの自室は以前同様、居心地よくなった。ローダンがインターカムのほうへ歩き、音声命令で作動させようとしたそのとき、背後でちいさな咳ばらいが聞こえた。振り向くと、なかば予期していた姿が見えた。

＊

胸像だった。上半身と頭部がある。その姿は、空中に浮遊していた。幅広の顔に当惑したほほえみが浮かんでいる。水色の大きな目とちいさくてとがった鼻が、フクロウを思わせる。淡いブロンドの薄い髪はきっちりうしろにとかしつけられていた。両肩が前方に落ちていて、この男はすこし猫背だろうと容易に想像がつく。

「ひさしぶりだな、ブルーク」驚愕のために茫然としている影響で、ローダンの声は奇妙に弱々しい。「きみがとっくに死んだことは知っている。だが、その情報が自転する虚無の内部へ伝わるまでに、多少時間がかかるのだろう?」

「あなたは本当に頭が切れますね、ペリー・ローダン」胸像が揺れながら答えた。その顔にはもう当惑は見られない。「ブルーク・トーセンはもう存在しません。セト＝アポフィスが〝デポ〟に収集した意識片だけがのこっているのみ」

「なぜここにきたのだ、ブルーク?」ローダンが親しげにたずねた。

「わたしにのこされた時間はわずかですから。セト＝アポフィスが精力的に活動しています。フロストルービンの封印を解いてふたたび動くようにさせる作戦が失敗し、超越知性体は、数百万隻の未知宇宙船の存在に不安をおぼえています。通常ならば、いまあなたの前にいるこのわたしは……〝わがエコー〟と呼んでいますが……現実世界の死と同時に消滅します。しかし、セト＝アポフィスがほかにより重要な事態をかかえているおかげで、わがエコーはまだ存在しているのです。わたしは自由の身になったということ。超越知性体がプシオン性ジェット流で工作員にしようにも、ブルーク・トーセンはもういないのですから。わが道を行く機会を得ました。そこでわたしは、セト＝アポフィスがこの船団に向けて放出した、意識片の大軍にもぐりこんだのです……」

「待て、ブルーク」ローダンが鋭くさえぎった。「意識片の大軍といったな？　もちろん、周到な準備のもとにか？」

「準備などまったくしていません」トーセンがほほえみを浮かべた。「意識片は最初から、主人であるセト＝アポフィスの目的を達成するように義務づけられていますから。わたしはその先頭を切るよう心がけただけ。数分後に最初の部隊がこの船に到着します。意識片がどんなことを引き起こせるのか、あなたに見てもらいたかったのです……対抗処置を講じられるように」

「だが、ブルーク……それらは、ただのプロジェクションにすぎないだろう？」

「そう、プロジェクションです」ブルーク・トーセンがうなずいた。「しかし、非常に特殊な性質を持ちます。わたしがあなたと分別ある会話をしていることを否定できますか？　まるで、わたしの意識がそこなわれずに存在しているかのようでしょう？　プシオン性プロジェクションを認識できるはずのないロボットに影響をあたえたことを、否認できますか？　あなたは以前、セト＝アポフィスが〝デポ〟と呼ぶ場所に行ったことがありますね。いや、驚かないでください。そのようなことは、われわれ意識片のあいだではすぐにひろまるのです。わたしはアリーン・ハイドンから聞きました。これでわかったでしょう。あなたが最初に出会ったプロジェクションは、危険な存在に見えましたか？　そう、いまだって同じ、危険には見えません」

鋭い警告音がした。ローダンは耳をすませたが、一分もしないうちにおさまる。《バジス》が再度、非因果性ジャンプを終えたのだ。

「きみらは何名いる？」低い声で訊いた。

「合計で？　数十億、あるいは数兆」と、ブルーク・トーセンが答えた。「〝デポ〟はとてつもない貯蔵庫で、そのへりまで意識片であふれています。セト＝アポフィスが銀河系船団に注《つ》ぎこんだのは、ほぼ百万……あなたがたの船一隻につき、五十です。心配になりましたか？」

ローダンは音声操作でインターカムのスイッチを入れた。ウェイロン・ジャヴィアがあらわれた。

「ちょうどあなたを起こそうと思っていたところです」ほっとしたようだ。「全艦船で大騒ぎが持ちあがっています」

「ああ」真剣だがしずかな声でローダンが答えた。「わかっている。その理由も」

＊

宇宙空間に色と光の乱舞が爆発するさまを、ジェルシゲール・アンは驚愕と疑念の思いで見ていた。とっくに処理ずみと思っていた件への疑惑が、一秒ごとによみがえる。異人たちがやったのは、アルマダ艦隊の火器管制システムを妨害する装置を配備するより、もっと重大なことだった。アルマダ作業工の破壊は偶然ではなく、真の意図が明るみに出ないための的確な行動だったのだ。

この宇宙の炎がどんな意味を持つのか、むろんアンにはわからない。とりあえず、自動装置の警報を鳴らすにまかせた。次の瞬間には炎の壁が包囲艦隊に襲いかかり、敵の宇宙船がつづくと予測したから。だが、何分経過しても炎の壁は動かない。敵の船もまったく姿を見せない。アンは警報レベルをさげた。シグリド人部隊の指揮官たちに油断なく警戒するよう指示をあたえたものの、自身はとほうにくれている。

アルマダ中枢からの指令を待っていた。《ボクリル》の測定機器も検出装置も、敵の動きをまったくしめさない。原子の炎が大量のハイパーエネルギーを放出し、センサー・メカニズムを狂わせたせいで、まったく信頼できない値いが表示されている。アンは炎の壁のうしろでなにかが起きていると確信し、それを知りたかった。とはいえ、しかるべき任務がなければ、持ち場をはなれることは許されない。ハルウェサン艦隊の旗艦《ギンダー》と通信をつなぎ、包囲艦隊の総指揮をとるイルクスト・ネンターと話した。だが、ネンターもなにも知らなかった。アルマダ中枢からの知らせもないという。

ようやくアルマダ中枢から連絡がきたとき、アンが聞いたのはただこの一文のみだった。

「即座に敵を攻撃し、アルマダの望みに応じるまで炎のなかにとどめよ」

まさに待っていた命令だ。ジェルシゲール・アンは安堵の息をついた。これで待つのは終わり、不安ともおさらばだ。異人はトリイクル9を盗み、現在の状態にした冒瀆者である。なぜアルマダ中枢が敵のおろかな行為を罰することをためらうのか、《ボクリル》艦内ではだれも理解できないでいた。アンはこの数日間に自分に降りかかった出来ごと……それがなんだったか、思いだすことはできないのだが……により、すっかり生まれ変わっていた。だから、アルマダ中枢の理解しがたいふるまいにも、重大な理由があるにちがいないと確信していた。それがなんであるにせよ……この瞬間、かれはみずからの妥当性を失った。

報復の瞬間が訪れたのだ！

「ハルウェサン人とシグリド人よ、炎の壁を突き進め！」イルクスト・ネンターの命令がとどろいた。「名なしたちとサルコ＝一一は炎の壁を上下に迂回せよ。制約なしの攻撃だ。敵の船を見つけしだい、砲火を開け」

包囲艦隊が動きだした。《ボクリル》が原子の炎を突きぬけると、何重にも展開されたフィールド・バリアが燃えあがった。通過には数秒もかからない。アンの旗艦は瓦礫フィールドのまっただなかにいた。トリイクル9の境界線まで、わずか数光秒。

センサーの表示はいまもなお、信用ならない。走査スクリーンはもつれ合う宇宙の瓦礫群をうつしだすが、探知リフレックスは不規則に急激に動いている。アンテナが原子の炎の降りかかる攪乱《かくらん》反射に揺れているせいだ。探知機の表示も信用できないとわかってはいたが、アンは敵の宇宙船の存在をしめすわずかなシグナルを期待していた。

だが、そこにあったのは、虚無だった！

「〝白の成就〟にかけて、いったい卑怯な敵はどこに消え去った？」アンのわめき声が司令室じゅうに響きわたった。

「セクター・ゼロにリフレックスが」この瞬間にペルティファー・クイが報告した。

アンは驚いて視線を探知機の表示にもどした。宇宙の瓦礫片が点となってフェードインしてくる。楕円定規で引かれたようなトリイクル9の境界線があり、その奥で瓦礫片の映像が唐突に切れているのが、はっきりと見える。

ふたつの光点がアンの目を引いた。境界線のすぐそばで明滅している。攪乱インパルスの影響だ。二点は瓦礫片の群れが終わる境界線へ、まっすぐに進んでいる。その光が最後には……消えた！

ジェルシゲール・アンは周囲を見まわした。これほど無力感をおぼえたのははじめてのことだ。

「きみたち……見たか？」震える声でたずねた。

「飛行中止！」イルクスト・ネンターの声が受信機から聞こえた。いいおわらないうちから、オートパイロットがシミュルタン伝送による操縦インパルスに反応し、制動を開始した。「遅すぎたようだ。敵はわれわれの攻撃から逃れるため、原子の炎を探知システムの妨害に利用したらしい」

「どこへ逃げたか、わかるか？」アンが金切り声をあげた。

「わかる」最高命令権者が答えた。「致死線をこえて、トリイクル９のなかに飛びこんだのだ」

5

助けを呼ぶ声が四方から聞こえた。セト＝アポフィスがばらまいた意識片は群れをなし、銀河系船団の艦船に襲いかかった。プロジェクションではあるが、ロボットには認識できる。ゆえに、かれらの最初の標的はマシンであった。ロボットのプログラミングの根底にはアシモフの三原則があり、第一に人間への忠誠が定められている。意識片はそれに乗じた。ロボットは教わったとおり、かれらを人間とみなしたのだ。くわえて、セト＝アポフィスは抜け目がなく、ヒューマノイドの姿をしたもののみを工作員に選んでいた。マシンは忠誠を守る。自然発生的にあちこちで、マシンによる船の操縦がおこなわれた。多くは航行速度をあげて、編隊からはずれようとしたのである。

人類も巻きぞえになった。あるコグ船の船長から連絡が入り、捕らえられたテラナーたちの一グループを破滅から救うため、ただちに二百光年はなれた一星系に行かなければならないという。そのグループが危機におちいっていることは、ブリーダー・シュラップという名の意識片から聞いたようだ。遠方の惑星の出来ごとをよく知っているらしい。

セト＝アポフィスの狙いは明白だった。銀河系船団の艦船を操作することで、無抵抗の道からコースをそらせ、M－82へ自由落下するのを妨げたいのである。超越知性体は自分の〝居所〟の安全が脅かされることを案じているのだ。オートパイロットに無意味な加速をプログラミングしてエンジンを動かすため、セト＝アポフィスはあらゆることをした。その標的はロボットと、なんでも信じやすい乗員だ。

だが、その計画は失敗に終わった……ただひとつの例外をのぞいて。ペリー・ローダンがオートパイロットをすべてショートさせ、船の操縦に関与できなくさせたのだ。さらに命令を発し、全船内ロボットには、現行の規定が撤回されるまで、中央ポジトロニクスからの指令だけを受領させるようにした。

数分たたないうちに成果があらわれた。意識片の洪水が消滅し、宇宙船は次々に〝通常航行〟に入ったと報告してきた。一隻ずつ独自のコースをたどらせようとした試みは、影響もなく終わった。タウレクの表現を借りると、そのコース変更の程度が、無抵抗の道からそれるには〝思いきりに欠ける〟せいだった。

銀河系船団全体が息をついた。セト＝アポフィスはその悪魔的計画を放棄したかのようだった。だがそのとき、アトランの指揮する《ソル》から呼びかけがあったのである。超越知性体は銀河系船団内の関連をよく理解していた。ペリー・ローダンのアキレス腱を攻撃したのだ……友の安全と命を。

*

「こちらは攻撃されている、ペリー」

アルコン人の顔は張りつめ、疲弊している。口角の横が神経質に動き、ひどい精神的圧力に耐えているのがうかがえる。

「わかっているでしょうが、見せかけの攻撃です」ローダンはなだめるように応じた。確信に満ちて聞こえるよう心がけた。崩壊寸前の友を見て強い衝撃を受けたのだが、それを気づかれたくない。「この連続体において、セト＝アポフィスが純粋に物理的な力を持つことはありません」

アルコン人は頭をかかえた。

「われわれ、気が狂いそうなのだ、ペリー」受信機から絶望的な声が聞こえる。「セト＝アポフィスがプシオン・インパルスの連続集中砲火を浴びせてくる。メンタル安定化処置も効果がない。ほとんどの幹部乗員をロボットに交代させた。わたし自身も……これ以上は……たえがたい痛みに正気を失いそうだ……」

アルコン人の背後から耳をつんざく警報が聞こえた。

「なにがあったのです、アトラン？」心配そうにローダンが訊いた。

「攻撃だ」アルコン人がうめいた。「未知の艦隊が……《ソル》に接近中……」

ローダンの視線が探知機の表示に向かった。

「まやかしです！」ローダンは声をあげた。「未知の宇宙船などいない。だまされてはなりません！」

「われわれには数が多すぎる……」アトランの絶望的な言葉からは、ローダンの警告が聞こえたかわからない。「のこされたのは、逃げることだけ……」

「《ソル》は最高価で加速しました」ポジトロニクス音声がすぐ近くで告げた。

「やめてください！　アトラン……」

「《ソル》探知、ネガティヴ」と、ポジトロニクス。

ハイパーカム・スクリーンから映像が消えた。ローダンはどうすることもできず、スクリーンから目をそむけた。タウレクの黄色い目が見えた。

「なぜ、アトランなんだ？」ローダンがたずねた。

「理由は明白だ」ひとつ目と名乗る男は答えた。「セト＝アポフィスは最後の余力を傾注している。だから、きみに打撃をあたえられるポイントを狙い撃ちしなければならなかった。ここか、《ソル》か。きみを攻撃するか、アトランか」

「なぜアトランを選んだ？」

「アトランには援助がない」と、タウレク。

ローダンは無言のまま、その意味を問うた。

「仮にセト＝アポフィスが《バジス》を攻撃したとしよう」タウレクはつづけた。「《ソル》に対するのと同じやり方で。プシオン性のはげしい襲撃に、まやかしの未知艦隊の攻撃。すると、どうなったと思う？」ローダンが答える前に、タウレクはつづけた。「きみを交代させてわたしが指揮をとっただろう。セト＝アポフィスはわたしにはなにもできない。プシオン性攻撃に対してそなえがあるから」

ローダンはタウレクを凝視したまま、

「そうするつもりだったのか」やっと言葉にした。問いというよりも確認だった。

「われわれ全員のために」タウレクが肯定した。

ローダンはハーネスをはずして立ちあがった。

「《ソル》を取りもどさなければ」と、ローダン。

「当然だ」コスモクラートの使者は賛意をあらわした。「テラはあの宇宙船を失ってはならない」

ローダンは険しい顔でタウレクを見た。

「型どおりの見地からいうのはやめてくれ」断固といった。「重要なのはアトランと《ソル》の乗員たちだ。宇宙船は代用がきくが、個人はちがう」

タウレクはからかうように、にやりとした。

「好きにいうがいい。だが《ソル》はどうやって見つけるつもりだ？」

「航行記録が探知機にのこっている。それを追えば、見つからないことはないだろう。あなたの理論と合致するか？」

「まったく同じだ」タウレクはうなずき、「なにで《ソル》を追跡する？」

「《バジス》だ。ほかになにがある？」

「きみはおろか者だな」その声にきびしさはなく、偉大なペリー・ローダンが目先のことしか考えていない現場を押さえたので、満足げだ。「わたしの考え方を型どおりと呼びたいのなら呼べばいい……だが、人類が《バジス》を失うことは許されないのだぞ。無抵抗の道からはずれたゾーンを飛行する危険性を考えたか？　《ソル》を追えば、ハイパー空間の深淵から二度と出られない危険がともなう」

「わかった」ローダンが譲歩した。「あなたの提案は？」

「かつてしたことと同じだ」タウレクが答えた。「きみとわたしで……《シゼル》で《ソル》を追跡する」

「《シゼル》ならば危険はすくなくなるのか？」

「いや」

ローダンの顔に緊張がはしった。タウレクはそれを誤解し、

「安心しろ」と、皮肉をこめていった。「きみのかわりはいる」

ローダンは笑みを浮かべた。だが、すぐに放心した表情で考えこみ、

「それはわかっている」と、応じた。「だが、あなたはどうなんだ？」

＊

ふたりは明るく照らされたエアロック内を、パイプ状の輪郭の《シゼル》に向かって浮遊していく。いっぷう変わった乗り物の中央にプラットフォームがそびえる。ペリー・ローダンが最初に到達し、当然のように鞍状のシートに腰をおろした。セラン防護服はかさばって不格好な外見だが、動きを妨げない。タウレクは自分の宇宙服を着用している……微光を発する、伸縮自在の衣装だ。ローダンはフォーム・エネルギーからなると推測していた。

「操縦はわたしにまかせてくれるか？」ひとつ目の男にたずねた。

「わたしのかわりのことで頭を悩ませてくれたきみのたのみを、どうして断れる？」タウレクはからかった。

ウェイロン・ジャヴィアが司令室からラジオカムで連絡してきた。

「《ソル》の全航行記録を《シゼル》のコンピュータに再記録しました。わたしのイメージどおりに機能するものなら、スイッチを入れれば自動的に《ソル》が最後にいたポジションへ航行します。そこからは《ソル》と同じ数値で同じ方向へ加速します」

「ごくろう」と、ローダン。

だがウェイロン・ジャヴィアはまだ話し終えていなかった。

「どうしても行くつもりですか？」と、訊いてくる。

「ほかにだれがやるというのだ、ウェイロン？」と、ローダンが訊き返した。

「コスモクラートの使者の男ひとりにやらせてください」とジャヴィア。「このあたりのことはよく知っているのですから」

タウレクは会話を聞いていた。ローダンはタウレクに向かっていたずらっぽくにやりとし、

「わたしはかれを信頼していないのだ、ウェイロン」と、いいはなった。

そのとき、プラットフォーム上方にかすかな幻影があらわれた。ローダンが驚いて顔をあげる。

「ブルーク……」

「時間がありません、ペリー」三次元の胸像が話しはじめた。「情報が洩れはじめました。わたしにはもう価値がないと、セト＝アポフィスが知ったのです」幻影はさらに薄らいでいく。

「達者で、ブルーク・トーセン」悲しみがローダンを襲う。喉を締めつけられた。「人類はきみのことをけっして忘れない」

「助けになれたらよかったのですが……」声もしだいに消えていく。

「きみは助けになってくれたとも、ブルーク」ローダンは答えた。その言葉はすでに、向けられた存在には聞こえなかった。意識片の姿は散り去った。ブルーク・トーセン、惑星ジャルヴィス＝ジャルヴの輸入管理官だった男は、完全に存在を終えたのだ。

ローダンは言葉もなく、タウレクを見ることもなく、ちいさな乗り物の操縦ピラミッドで一連のスイッチエレメントを操作した。エネルギー・バリアのフィールドがプラットフォーム上部で閉じた。《シゼル》は床から浮かびあがり、大エアロック・ハッチへ向かった。

＊

異宇宙の背景は深いむらさき色で、数すくない星はルビーのような赤に燃えあがっていた。

「人間の目というのは主観的な道具だ」と、タウレク。「闇の種類によって異なる反応をしめす。いまいる宇宙がどのくらい見慣れぬものかによって、色の解釈は左右される」

ローダンには意味がわからなかったが、その言葉を是認した。いま見ているものが、コスモクラートの使者の言葉を充分に証明している。ふたりは《ソル》の最終ポジションまでくると、そこからは《バジス》の探知機の記録と同じ数値で加速した。非因果性のジャンプが計画どおりに開始し、《シゼル》の探知機から銀河系船団が消えた。赤い星々を持つむらさき色の宇宙が姿をあらわし……はるか先に、一宇宙船のリフレックスが見えた。《シゼル》の前を中速で動いている。

《ソル》だ！

「向こうもこちらに気づいているはずだ！」ローダンが声をあげた。

「意識のある者がいるかどうかによる」と、タウレク。「それから機器がまだ作動するかどうかにも」

ローダンはさらに速度をあげた……注意深く、すこしずつ。この小型機が次の非因果性ジャンプを引き起こして、べつの宇宙へほうりだされないためである。驚いたことに、《シゼル》は進んでかれの指示にしたがった。操縦ピラミッドに触れるたびに、意識へ流れてくるメンタル・インパルスを感じる。機器はかれの意図を認識しようとした。制御メカニズムが最適な調整と適合作業をおこなうことで、宇宙船の複雑な機械装置を、最高に効率よく役だてることができるのだ。

《ソル》が近くなった。セト＝アポフィスが侵害している兆候はどこにもない。

ローダンは自分の冒す危険を承知していた。ハイパーカム通信で《ソル》に何度も呼びかけたが、アトランは答えない。中央インポトロニクスのセネカはときおり話に出てくることからしか、《シゼル》を知らない。ローダンは身元確認のさい、小型機のイメージを充分に伝えられるか、不安になった。人間の乗員がおらず、セネカが《シゼル》を敵の飛行物体だと認識したら？

《シゼル》の機首投光照明が《ソル》を照らしだした。そのシリンダー状中央本体の高い壁が、急な斜面のごとくそびえる。ローダンは注意深く大格納庫エアロックへ近づき、《シゼル》のプラットフォームをおおうエネルギー・ドームをオフにすると、シートから降り、エアロック・ハッチへ向かった。開閉メカニズムは非の打ちどころなく作動した。両開きハッチがスライドして開く。明るい照明のもと、格納庫エアロックの内部が見えた。ローダンは片手をあげ、操縦ピラミッドの前にすわるタウレクに手招きした。タウレクは小型機を近づけた。

外側ハッチが閉じ、エアロック室が空気で満たされた。内側ハッチは自動的に開く。巨大格納庫の照明は妙に陰気だ。ローダンはふたたび《シゼル》のプラットフォームにもどった。タウレクがエンジンを作動したとき、悪夢がはじまった。

＊

ひろびろとした格納庫の薄暗がりのなか、あちこち動き、金切り声をあげ、叫び、ぐるぐるまわり、旋回し、がなりたてるものがいる。ローダンは驚いてヘルメット・ランプのスイッチを入れ、光環を上へ向けた。現実のものではない断片的な姿が巨大渦巻きとなって、陰鬱な薄暗がりのなかを暴《あば》れまわっている。数百、数千のさまざまな生物の肉体片だ。セト＝アポフィスが宇宙じゅうから捕まえてきて〝デポ〟に閉じこめた、意識片がかたちとなったものである。

「ヘルメットを閉めろ！」タウレクの鋭い声が響いた。

ローダンはしたがった……その命令を熟考もせず、本能的に。だが、助言は役にたたなかった。この騒音は聴覚的なものではなくメンタル性で、堅牢なヘルメットのクッションもなんなく突きぬけてくる。ローダンは意識を混乱させるインパルスに苦しめられた。憎しみ、軽蔑、敵意、脅迫、殺意、挑発……

ヘルメット・テレカムからタウレクの声がした。

「耐えられるか？　そうでないなら、《シゼル》ですこしはなれるが」

ローダンはランプの光環を回転させた。肉体片の一群が下へおりてきた。毛深い腕のように見えるものが、ローダンに向かって飛んでくる。かれを通りぬけ、消えた。接触を感じなかった。ただのプロジェクションだ、と、自分にいいきかせる。そのとき、反抗心が生じた。

「わたしのことは心配するな」ローダンは答えた。「切りぬけてみせる」

タウレクは操縦ピラミッドを封鎖した……プロジェクションが物質を身に帯びて、いきなり《シゼル》を操作しはじめないように。ふたりは船内へつづくハッチを開いた。金切り声の群れから逃れられるかもしれないと、いくぶん期待したが、望みはかなえられなかった。セト＝アポフィスは最後の余力を傾注している。ハッチの外にある通廊も、グロテスクで異様なものたちの肉体片であふれんばかりだった。渦を巻きながら堅固な壁のようにそびえたち、司令室への道をさえぎっている。騒音は殺人的だった。ローダンはプシオン・インパルスの連続集中砲火を浴び、意識が麻痺していくのを感じた。

「前進だ！」と、叫ぶ。

群れのまっただなかに入った。肉体片の壁を通りぬけても抵抗を感じない。だが、プシオン性の指がいままでよりも強く、脳につかみかかってくる。ローダンはベルトから武器をとり、猛《たけ》り狂う集団につづけざまにエネルギー・ビームを見舞った。効果はなかったが、ブラスターの引き金の感触や、はげしくうなる発射音はなじみがあるもので、非現実的な環境において支えとなった。

タウレクが隣りにくる。ふたりで通りすぎた側廊の壁には、作動停止したロボット四体が一列にならんでいた。数分後、司令室を目前にしたハッチ前には、はるかに落胆させる光景が待っていた。《ソル》乗員の男三名、女一名が倒れている。意識はない。気絶していても、その顔には精神的拷問のあとが見られる。

ハッチが抵抗なく開いた。そのなかも同じカオスが支配している。ビームがはげしい音をたてながら、渦巻く肉体片の群れのまっただなかに発射され、ローダンの頭上をかすめて、すぐうしろの壁にあたった。

「アトラン！　撃ってはいけません！」ローダンの声が響きわたる。

友には聞こえない……それとも、言葉の意味をもう解さないのか。ローダンは荒々しい混乱のまっただなかへ飛びこんだ。叫び、金切り声をあげる幻影のなか、できるだけ意識を遮断し、ひたすら本能に耳をかたむける。さらに三条のビームがうなりをあげて、頭上を飛んでいった。ローダンは、幅ひろく重厚な指揮官席コンソールの前にすわりこんでいる人影を見つけた。ブラスターを持つ手が、なすすべもなく揺れている。赤い目が不自然に見開かれ、騒々しい群れを凝視していた。

ローダンは友の肩をつかんで、

「アトラン、もうすぐ終わります！」と、大声をあげた。

アルコン人はわけがわからないふうにローダンを見て、

「終わる……」と、くりかえす。

ローダンは向きを変えた。

「タウレク、くそ……これはいったい、いつまでつづくんだ？」

コスモクラートの使者がカオスのなかからあらわれた。なにもいわずにコンソールを点検し、スイッチ操作をはじめる。まるで、この巨大な遠距離宇宙船……数百年前、アフィリー禍のテラでコンピュータにより設計され、その実質の三分の一が不運にもヴェイクオスト銀河の彼方で失われてしまった《ソル》……の操縦だけを、生涯ずっとしてきたかのような正確さだ。

航行インジケーターが点滅。コンピュータ音声が聞こえはじめた。

「正しいコースにいるかどうか、もうすぐわかる」タウレクが唐突にいった。

「なんの……ことだ？」ローダンはだるそうな声でたずねる。精神的圧力が耐えがたくなってきたのだ。守ろうとして抱きかかえているアルコン人のようすを点検した。驚いたことに、なぜだかわからないが意識を失っている。

「《ソル》が飛行したコースをもどっている」タウレクが説明した。「非因果性のハイパー空間に関するわたしの限定的理解によると、飛行パラメータを逆方向に有効化すれば、銀河系船団にたどり着くはずだ」

「どのくらいかかる？」ローダンが苦しそうにうめいた。「タウレク……この圧力にはもう耐えられない！」

「まさにそこだ」と、肉食獣の目の男がいった。「セト＝アポフィスはこの空間のことをわれわれより熟知している。われわれが正しいコースをとったと知れば、即座に怪物たちを退却させるだろう」

つづく数分間は邪悪な夢のようだった。ローダンは失神と覚醒のあいだをさまよい、周囲のことは部分的にしか知覚できなかった。荒れ狂う痛みが意識をえぐる。脈を打つ音は、重いハンマーが打ちつけるようにがんがん響いた。かれはそれでもなおアルコン人を抱きかかえていた。守るためというよりも……バランスをたもつ支えを必要としていたのである。

突然、騒音がおさまってきたのに気づいた。叫び声はとだえ、悲鳴がまるで遠方からのようにちいさくなった。痛む目で上を見あげる。グロテスクな冠毛の下からただれた目がひとつ、こちらをうかがっていたが、空中で分解した。

殺人的な圧力が頭蓋から消え去った。タウレクの勝ち誇った声が遠くに聞こえる。

「やった！　やりとげたぞ！」

押しよせる安堵の波は、拷問を受けていた脳には強烈すぎた。ローダンは目の前が暗くなる。《ソル》が銀河系船団の待つ宇宙へ帰還する輝かしい瞬間も、目にすることはなかった。

＊

ローダンは白い病室の柔らかく快適な寝台で休んでいた。医療ロボットがいると予期していたが、目に入ったのはウェイロン・ジャヴィアとフェルマー・ロイドだ。しばらく動かずに、自分の内面に耳をそばだてる。わが身を消耗させたむらさき色の宇宙における体験が余波をのこしていないことを確認すると、起きあがり、たずねた。

「すべて順調か？」

「すべて順調です」ジャヴィアはおかしそうにほほえんだ。

フェルマー・ロイドが笑って、

「あまりにも順調で、なぜチーフが起きてこないんだろうと、われわれ、疑問に思ったくらいです」

「すぐに行こう」ローダンは上機嫌だった。「着るものをくれ！」

「ご辛抱を」と、ジャヴィア。「われわれに合流する前に、もう一度最後の瞳孔《どうこう》検査を受けていただきます。そのあいだ、うれしいニュースをお知らせしましょう。《ソル》はふたたびもとのポジションにもどりました。損害もこうむりませんでしたし、ロボットたちも正常に作動しています。あなたよりひどい状態の乗員はいません。つまり、全員が回復したということ」

「タウレクは？」ローダンがたずねた。

「ぶじです。まるでピクニックにでも行ってきたみたいですよ」ジャヴィアが首を振った。「あの男については、知っておくべきです。《ソル》が異宇宙からもどったあと、かれはアトランと数名の医療要員を正気に返し、多数のロボットを作動状態にしました。それからあなたを《シゼル》に運びこみ、《バジス》に連れ帰ったんです」

「それで、いまは？　どこにいる？」

ジャヴィアにミュータントの助けは不要であった。ローダンの考えは顔に書いてある。

「心配ご無用」と、答えた。「チーフの不在を利用して、指揮をとったりなどしていませんよ。キャビンにいます。もう二時間以上、だれにも会っていません」

しばらくのち、ローダンは医療ロボット・チームに〝完全回復〟と診断され、船内病院を退院した。ゲシールに会えるのではないかとなかば期待し、自室キャビンへまっすぐもどることにする。彼女はこれまでまだ顔を見せていない。もしかしたら、なにかサプライズを計画しているのではないかと、ローダンはほぼ確信していた。だが、ゲシールの姿は見あたらず、かれの回復を知っている痕跡もどこにもなかった。ローダンは落胆したが、その落胆は耐えうるものであった。もう自分を傷つける力をゲシールが持たないことに、不思議な思いがした。

ローダンはアトランと長いこと話し合い、《ソル》船内がすべて正常だとたしかめた。銀河系船団の状態をざっと確認し、セト＝アポフィスが妨害工作をあきらめたことに満足をおぼえる。銀河系船団の前進を阻止できないとわかったいま、超越知性体はM－82銀河の防衛に集中するだろう。二万隻の部隊は遅かれ早かれ、そこへ行くことになるのだが。

ローダンの思考は、フロストルービンの向こう側に置いてこなければならなかった人々に向かった……エリック・ウェイデンバーンとともに船団を去り、無限アルマダに受け入れられたという十万人のスタック支持者たち。タンワルツェンがひきい、イホ・トロトも乗艦している《プレジデント》。瓦礫部隊の男女二百五十人。かれらを見殺しにしてきたことに、痛みをおぼえる。ほかに方法がなかったと、あらゆる論理を用いてどれほど自分にいいきかせても、痛みが和らぐことはない。

ブザーが鳴ったので、音声操作でハッチを開けた。タウレクが入ってきた。そばかすのある顔に笑みを浮かべて、

「まったく、きみはかなりの頑固者だな。だれもが好きにさせるしかないほどの」と、挨拶がわりにいった。「こんな拷問をなんなく切りぬけられる者は、そう多くはいないだろう」

「《ソル》全乗員の功績だ」ローダンは賞讃を辞退した。「聞いたぞ。あなただって、けっして軟弱なところを見せなかったそうだな」

「それはまたべつの話だ」と、タウレクは片手をあげて制した。「忘れるな。わたしはプロジェクションだ。だから、セト＝アポフィスはわたしにはなにもできない」その話をしたことを後悔するかのように、つづけた。「それにしても、きみはとんでもなく賢いマシンを持っているのだな」

ローダンは驚いた。

「なんのことだ？　ハミラー・チューブのことか？」

タウレクがうなずく。

「非因果性ハイパー空間の秘密をほとんど解明できたようだ。われわれが《ソル》から帰船したのち、船団はさらに三回の非因果性ジャンプをこなした。ハミラー・チューブは、次が最後になると予言したぞ……次のジャンプで既知宇宙に、つまりM－82銀河のどこかの宙域に出る、と」

「それで？」ローダンはほほえむ。

「いまいましいポジトロニクスのいうとおりだった」虎の目を持つ男が悔しそうにつぶやいた。「ハミラーの予言はわたしの計算と合致する。むろん、どちらもうっかりまちがえていることもありえるが」

「そうかもしれないな」ローダンが皮肉をいった。

インターカムから声がした。見慣れた三人の顔がスクリーンにうつしだされた。

「あなたにお別れの挨拶をしようと思って」と、ニッキ・フリッケル。「うるさ型のウェイロン・ジャヴィアが、わたしたちを《ラカル・ウールヴァ》に送り返すことにしたんです。これ以上《バジス》に置いておきたくないから」

ナークトルとウィド・ヘルフリッチもうなずいている。

「きみらを歓待していないわけではない」ローダンは三銃士に説明した。「われわれ、いまこの瞬間にもM‐82が眼前にひろがると予想している。ウェイロンはそれぞれが持ち場にいるように配慮しただけだ」

「なんてこと」ニッキが驚きの声をあげた。「そんなこと、ひと言もいわなかったわ。それじゃ、もう出発しないと。さようなら……」

ひと呼吸おいて、映像が消えた。

ローダンは顔をあげ、物思いにふけるようなタウレクの笑みに気づいた。

「奇妙な生物だ、きみたちテラナーは」と、コスモクラートの使者。「衝動的で感情的で……論理がくるのは最後なのだな。きみたちに接した敵がくりかえし混乱するのも、驚くに値いしない」

批判ではなかった。親愛に満ちた言葉には、賞讃の響きさえこもっていた。

「ああ」急にあふれてきた誇りが正当なものなのか、わからないまま、ローダンはうなずいた。「このような男女たちとならば、もっとも困難な課題も乗りこえられるはずだ。セト=アポフィスとの対決に関するわれわれの見込みを、あなたはどう見ている?」

タウレクの瞳は謎めいていた。その言葉は重くゆっくりとしていた……まるで、予言者のように。

「きみたちは困難を乗りこえ、目標をすべて達成するだろう」

「わたしもそう思う」ローダンは力強く賛同した。

＊

受信機から熱帯性嵐の雷のような声がとどろいた。

「無数の艦の乗員たちに、アルマダ中枢が告げる。聖なる宝石をもとめて、数百万年間、旅する者たちよ。敵はわれわれに究極の恥辱をあたえた。われわれは復讐しなければならない。

無限アルマダはトリイクル９へのコースをとる。われわれの攻撃を逃れようとして致死線をこえた異人を追跡するのだ。全部隊、全艦船に告ぐ。ただちに出発せよ」

《ボクリル》の司令スタンドは不気味なほどしずまりかえっていた。ジェルシゲール・アンは大スクリーンを凝視する。そこには、もつれ合って漂流する宇宙の瓦礫片がコンピュータ・シミュレーションによりうつしだされていた……さらに、その向こうには数千光年にわたる虚無、トリイクル９がある。あのなかに、無限アルマダが突入するというのか？　数百万隻、数千万隻の宇宙船が、聖遺物そのものに収容されると？　不可侵の聖域を、プラスティックや金属や、死すべき者たちの不純な息で汚すというのか？

助けをもとめて立ちあがった。まだ頭上にアルマダ炎があり、自分の動きに同行してくるか、たしかめなければと思ったのである。その一方で、アルマダ中枢の命令にしたがうべく、両手の指は自動的にコンソールのキイボードを操作していた。アルマダ中枢のすることには深い意味があるのだ……その意味がたとえ、死すべき者のわずかな知性には見えないとしても。

「アルマダ第一七六部隊、命令どおり発進!」ジェルシゲール・アンのしわがれ声がさらにかすれた。

かれは目の前を凝視した。宇宙の瓦礫片が加速して《ボクリル》に近づいてくる。鋭く明瞭な境界線から目がはなせない。その向こうには、はてしない虚無が待ちかまえている。致死線をこえたらどうなるのか……そう疑問をいだいたが、すぐに思考を拒んだ。アンの理性は、もっともらしいイメージ展開が可能な関連ポイントを、ある程度でさえ、どこにも見つけられなかったのである。

ひとつだけ、わかっていることがあった。すべてが変わるだろう。なにひとつ、かつてのようではないだろう。

エネルギー圃場の危機

ウィリアム・フォルツ

登場人物

ペリー・ローダン……………………………銀河系船団の最高指揮官
タウレク…………………………………………彼岸からきた男
ウェイロン・ジャヴィア………………………《バジス》船長
アラスカ・シェーデレーア……………………マスクの男
サーフォ・マラガン
ブレザー・ファドン ｝………………………ベッチデ人のもと狩人
スカウティ
ジェルシゲール・アン…………………………シグリド人艦隊の司令官
ターツァレル・オプ……………………………シグリド人。アンの代行
セト＝アポフィス………………………………超越知性体

1

目ざめると、顔から〝例のもの〟がなくなっていた。

アラスカ・シェーデレーアはベッドにあおむけになったまま、考えた。いったいなにが起きたのか。

おのれの本来の顔を失ったのは、ほぼ六百年前のこと。ボントンの通商ステーションから転送機で惑星ペルワルに向かったさい、四時間におよぶ遅延事故が発生し、それが原因で非実体化した原子細胞構造と一カピンの細胞断片が融合してしまったのだ。そのときペルワルの転送機ホールにいた技術者は、アラスカの顔をひと目見て狂気におちいり、のちに死亡した。以来、人前ではかならずマスクを装着するようにしてきた。両目と口の部分に切れこみがあるだけの簡素なプラスティック製だが、ほかの素材は組織塊が受けつけない。

アラスカはまだベッドに横たわっていた。からだが硬直したかのようだ。

よく鏡の前に何時間もすわったまま、カピン断片のことを考えたもの。輝く組織塊はつねに脈動しているように見えた。この奇妙な寄生物質を除去しようと宇宙航行文明の科学者がおおぜい試みたのだが、成果はなく、アラスカはしだいに孤立していった。だれも口にしたわけではないが、他人が自分を恐れているとわかったから。この組織塊はあらゆる多次元性エネルギーに反応し、強い光を発する。それを特異能力とみなされ、かれは一種の半ミュータントに分類されていた。そのおかげで細胞活性装置を授けられたといってもいい。

自分の顔がどんなだったか、忘れてしまった。どういう外見だったのかわからない。だから、動けずにただ横たわっている。

鏡を見るのが恐い。両手で顔に触れる勇気もなかった。

とはいえ、永遠にベッドで寝ているわけにもいくまい。休憩時間は終わっている。自分の不在は《バジス》司令室でじき気づかれるだろう。

かつて一度だけ、カピンの断片をとりのぞけるかもしれないと期待したことがあった。コスモクラートのティリクの使者だったソルゴル人のカルフェシュが地球にきたときだ。カルフェシュはただひとり、正気を失わずにアラスカの顔を直視できた者で、敏感な鉤爪を使って組織塊を剝がそうとした。輝く塊りがはしからゆるみはじめ、最初はうまくいくかに思えたが、やはり成功しなかった。その後、除去の試みは停滞期に入る。アラスカ・シェーデレーアは〝転送障害者〟あるいは〝マスクの男〟と呼ばれつづけ、相《あ》いかわらず孤独であった。

なのにいま、つねに顔に感じていた圧迫感が消えている。肌が解放され、光も発していない。

右手を伸ばし、いつもベッドから手のとどく場所に置いてあるプラスティック・マスクを探した。

マスクはそこにあった。一瞬、これまで消えてしまったのではないかと思ったが。

たぶん、なにもかも夢だ。あるいは、フロストルービン内にいることで変化が生じただけ。

そう思いこもうとした。

マスクをつかみ、すばやく顔に押しつける。慣れた手つきで固定バンドをはめ、両耳の留め具をかけた。マスクは顔から浮いたようにぶかぶかだ。

気合いをいれて起きあがる。キャビンにはおだやかな薄暮がひろがっていた。顔が光を発していないのはまちがいない。

まだぼうっとした状態でロッカーを開けた。いちばん上の引き出しに鏡が入っている。

思わずためらった。

前かがみになってロッカーの扉に片手をかけたまま、しばし立ちつくす。だれかに助けてもらおう。そう思って向きを変え、ハッチ横のインターカム装置に行った。スイッチを入れると、あわてさざめくような声が司令室から聞こえてきた。その雰囲気が伝染したのか、アラスカの不安は増す。だが、おかげで現実感がもどってきた。

インターカム・スクリーンが明るくなり、ペリー・ローダンとタウレクの顔がうつった。隣りにウェイロン・ジャヴィアもいる。映像は出来の悪い水中撮影のごとく不鮮明だ。ハイパー空間の影響だろう。

現実を受けとめろ！

アラスカはスクリーンから目をはなし、またロッカーに向かった。ペリー・ローダンの言葉を思いだす。《バジス》が銀河系船団の先頭を切って〝自転する虚無〟に突入する前のこと。チーフはこういったのだ。

「M－82をめざそうと思う。フロストルービンに入るのが〝無抵抗の道〟だ」

それは実際、銀河系船団が無限アルマダから逃れる唯一の方法と思われた。艦船長のうち数名は強行突破を主張したが、これは自殺行為にひとしい。ほぼ二万隻の艦船など、およそ軍備とも呼べない……無限アルマダの兵力とくらべたら。

それほどとてつもない大軍勢を、いったいどうやって統率しているのか？

そして、いったい何者が？

アルマダ中枢にいるのは、すでに名前が知られた伝説の存在、オルドバンだろうか？

アラスカは引き出しから鏡をとりだした。

手に持ち、鏡面でないほうを顔に向けた。心臓が早鐘を打つ。

六百年におよぶ孤独のなかで忘れかけた希望が、いまふたたび胸に湧いてきた。鏡を裏返すのが恐い。こんど裏切られたら二度と立ちなおれないだろう。

現実を受けとめるんだ！

鏡を裏返したとき、もうすこしで落とすところだった。片手でそれを顔の前にかざしたまま、ゆっくりあとずさる。ベッドに突きあたると、そのまま腰をおろし、もう一方の手も鏡に伸ばした。

マスクがややななめになっている。その下で動くものはなにもなく、影ができていた。

アラスカはひどく驚愕した。

鏡をおろし、わきに押しやる。

パニックはおさまっていた。組織塊が消えたとすれば、顔が光るはずはないのだから、マスクの下が影になるのはあたりまえじゃないか。

マスクをとれ！　と、自分にいいきかせる。

そのとき、なにかが体内をはしった。こんな感じはいままで味わったことがない。まるで雷に打たれたような感覚だ。とはいえ、危険なものではなさそうだが。

じっとようすをうかがったものの、その感覚はすでに失せていた。思わずインターカム・スクリーンに目をやる。乗員たちの表情を見れば、同じ経験をしたかどうかわかるかもしれないと思って。だが、司令室のメンバーは機器の操作や船外でのなりゆきに集中している。

あらためて、からだをまっすぐ起こした。

片手で鏡を持ち、もう一方の手で顔からマスクをはずして床に落とす。

旧暦三四二八年以来はじめて、アラスカ・シェーデレーアは自分の顔を直視した。

2

〝こちら側〞にくる前に受けた仕打ちのことを、タウレクはときおり思いだす。すると、感じのいい顔が険しくなり、猛獣の目にきびしい表情が宿るのだった。

その出来ごとが起きたのも、そんなときであった。

《バジス》はフロストルービンとアインシュタイン宇宙のあいだのどこか、グレイの闇のなかを漂っている。計器類を見るとものすごい速度で移動しているのがわかるが、司令室のだれもそれを感じなかった。

時がとまったかのようだ。キャビンに集まっている乗員たちは、息をするのもやっとである。

船の下層部から、うめくような音が聞こえてくる。マシンの作動音でも生き物の声でもない。この非現実的な領域における想像を絶する力に蹂躙《じゅうりん》され、原子構造の間隙《かんげき》がうめきを発しているのだ。

巨大船とともにタウレクも苦しんでいた。まるで、任務のための試練であった拷問をふたたび課せられているような気分だ。

さまざまな理由からハイパー空間とアインシュタイン宇宙のはざまの不気味な領域に漂着した物体の多くは、二度ともどってこられない。しだいに実体を失っていき、ゆっくりと崩壊するまで、時を失った状態にとめおかれるのだ。思考する生命体には想像もつかない運命だが、それでも起こりうる。自分たちがその悲劇的状況にいかに近いか考えると、タウレクは戦慄した。

自分はこれまで何度もコスモクラートたちの特使をつとめてきた。だが、そのかれらにも、いまの自分とテラナーを助けることはできない。コスモクラートの力もおよばないことがあるのだ。そう考えると、すこしはなぐさめられる気がするが。

そのとき、船体に衝撃がはしり、いきなり照明の感じが変化した。まるで《バジス》の上にかかっていた厚い雲が消えて、ふたたび陽光のもとに出たかのようだ。

タウレクはペリー・ローダンとウェイロン・ジャヴィアのあいだ、司令コンソールの幅ひろい台座の下に立っていた。見あげると、壁の全周にパノラマ・スクリーンがひろがっている。

そこへ、まるでだれかの手がすばやい動きでまきちらしたかのごとく、明るい無数の星々があらわれた。

この見慣れた光景に、タウレクは思わず安堵の息をもらす。

帰ってきたのだ……これらの星々のどれひとつ、名前すら知らないが、ここは自分の居場所だ。

しかし、本来あるべき姿とは、なにかがちがう。

予期していた状況ではないのだ。

「抜けた！」と、ペリー・ローダンがつぶやく声からは、かれも無意識にそう感じているのが聞きとれた。

その瞬間、《バジス》のすべての警報が勢いよく鳴りはじめた。船内のいちばんはずれにいても聞こえるほどの音量だ。

《バジス》が総勢二万隻からなる銀河系船団の先頭を切ってフロストルービンに突入したのは、無限アルマダをかわし、M‐82銀河へつづく無抵抗の道を探すためであった。

そしていま、オシログラフには複数の異恒星の振幅が表示され、スクリーンにはさまざまな天体の発光インパルスがうつっている。それだけではない。質量走査機を見ると、未知飛行物体との接触の危険をしめすシグナルが出ているではないか。

しかも、ものすごい数の！

うち数隻は非常に近くにいる。その姿が大全周スクリーンにうつしだされたのを見て、タウレクは思わず息をとめた。

コグ船でもカラック船でも、銀河系船団所属の巡洋艦でもない。

もしそうなら、警報が鳴るはずはなかった。ハミラー・チューブは船内の全システムに接続しているから、相手が既知であるか未知であるか、人間の思考が追いつかないほど即座に判別できる。

「未知艦船ではあるまいか？」と、ウェイロン・ジャヴィアの声が息づまる沈黙のなかに響いた。ずいぶん慎重ないいまわしだ。

だが、銀河系船団がまた無限アルマダのごときべつの構造物に出くわしたと考えるのは、ばかげている。

ローダンがゆっくり振り向いた。

「われわれの仲間は……どこだ？」と、いいよどむ。

ふつうなら銀河系船団の全艦船がいちどきにフロストルービンを抜けているはずだ。だが、最初の探知結果を見ると、知っている艦船はどこにもいない。

《ソル》も《ラカル・ウールヴァ》も《白雪姫》も……どこへ行ったのか？

《バジス》司令室の男女要員は計器類の上に身を乗りだした。表示をよく見れば、すべての謎が晴れるとでも思ったかのように。

時間が刻々と過ぎていく。僚艦船はまったく探知されない。

「おそらく、まだフロストルービン内にとどまっているのでしょう」ついにジェン・サリクがいった。

タウレクから数歩はなれた場所にすわっているこの男は、どちらかというと地味な風貌だ。だが、深淵の騎士の地位により、まぎれもない威厳がそなわっていた。

「それはありえない」ロワ・ダントンが反論した。「われわれ、ずっとまとまって行動してきたのだ。通常空間への復帰も同時だった。ここに全艦船がいなければおかしい」

「未知艦船の正体を探らないといかんな」と、ローダン。平静をたもとうと自制しているのが傍目《はため》にもわかる。「グッキーにフェルマー、メンタル・インパルスを受信できるか？」

ネズミ＝ビーバーはかぶりを振った。自分の三倍はある生物用につくられたシートに、のびのびと寝そべっている。

「はっきりしたことは、まだなんとも」フェルマー・ロイドが答えた。

「仲間の艦船とは考えられないでしょうか？」副長のサンドラ・ブゲアクリスが疑問を口にする。

全員が当惑してサンドラを見た。彼女がなにをいいたいのか、タウレクにもわからない。

「探知インパルスがハイパー空間で変化することもありえるのでは」と、痩《や》せた女副長はつづけた。

「悪くない考えだな」ジャヴィアが応じる。「ただ、ここにいるのは二万隻よりずっと多い」

「どれくらいいるのだ？」と、ローダン。

ジャヴィアは計器から目をあげることなく、沈痛なようすで答えた。

「正確な数は把握できません。われわれ、いってみれば、方位測定装置のとどくかぎり周囲を完全にとりかこまれているので」

ジャヴィアが推測にたよってこのような発言をする男でないことは、だれもが知っている。その言葉はつねに重みを持つが、今回は周囲にショックをもたらした。

タウレクが見ると、ローダンは青ざめていた。

「つまり」ウェイロン・ジャヴィアが震える声でつづけた。「われわれ、望んでいた宙域に到達したのでなく、無限アルマダのどまんなかにいるということ」

＊

《バジス》の絶体絶命な状況を具体的に思い描くのは非常にむずかしい。それでも、どの乗員にも事実が重くのしかかっていることは、司令室に集まった面々の表情をひと目見れば、タウレクにもわかる。

「もう一度、飛行してはどうだろう？」と、提案してみた。

「ここがどこかわからないのだぞ」ローダンが反論する。「とにかく、銀河系とくじら座のあいだの瓦礫《がれき》フィールドでないことはたしかだ。無限アルマダの異なる領域に実体化したにちがいない」

「つまり、われわれの実体化ポジションからフロストルービンを確認できないほど、無限アルマダは巨大だというわけですか？」ネクシャリストのレス・ツェロンが訊く。

「そうとも断言できないが、おそらくここは無限アルマダの〝べつの〟部分だ。いずれにせよ、逃げたところで意味はない。現在ポジションも不明なら、行くべき場所もわからないのだから。くわえて、未知の相手が《バジス》の行動をどうとらえるか予測できない。まだなにもしてこないのが不思議なくらいだ。銀河系船団のほかの艦船があらわれるのを待つ意味でも、ここにとどまるべきだろう」

叶《かな》うあてのない一縷《いちる》の望みだ。タウレクはそう思ったものの、口には出さずにおく。

「詳細探知はどうなっている？」ローダンはジャヴィアを振り向いてたずねた。

あくまで通常の船内業務をやろうとしているようだ。かたちだけでもふだんの状態を維持することがだいじなのだろう。

「正確なことはまだわかりませんが、強いエネルギー源が近くにあります」船長は答えた。「さほど大きくはないのに、とてつもない質量を持っている。すでに《バジス》はその高重力に引きよせられています」

「なんなのか調べろ」と、ローダン。

ジャヴィアはその命令を担当者に伝えたのち、考えこみながらいった。

「それ以外にも、ちょっとした背景放射をとらえましてね。実際、特徴的といわざるをえないような」

タウレクは笑いを嚙み殺した。このジャヴィアという男、なかなかしたたかである。さして重要でない情報をあとから出して謎めかしてみせることで、深刻な本題から乗員の気をそらそうというのか。だが、かれらはたぶん船長の芝居に気づいている……同時に感謝もしているだろう。

無数の異艦船にかこまれて迷子になったからといって、深刻に考えてばかりいる必要はないのだ。そのイメージを追いはらえるなら、それにこしたことはない。

「どういう背景放射だ？」ローダンが訊く。

「フロストルービンの前庭で発見した奇妙な物体をおぼえていますか？　その特徴的な放射から、M‐82由来と判明したものです」

ローダンはゆっくりうなずいた。

「おぼえている。それがいまの状況とどう関係するのか？」

「われわれがいまいるのは、その放射の中心です」

まさに爆弾発言であった。この状況に関して判明したどの情報よりも重要な意味を持つだろう。

「なにがいいたい……？」ロワ・ダントンが口ごもる。

「M‐82は天文学の初心者でも知っている典型的なスターバースト銀河です。われわれ、M‐82をめざして逃走し……まさしくそこに到達したわけですよ。もしちがっていたら、悪魔にさらわれたっていい！」

＊

ハミラー・チューブの測定結果がスクリーンに表示された。それはウェイロン・ジャヴィアの説を裏づけるものだった。

タウレクはペリー・ローダンをじっと見る。

だれもがローダンを見ていた。テラナーは疑問を口にする。

「未知艦船はどうやってここにきたのだろう？」

「答えは明白」と、タウレクは冷静に答えた。「無限アルマダはわれわれを追ってフロストルービンに突入したのだ」

「しかし、まだここにいるはずはない！　われわれのあとからフロストルービンに入ったのだから」そこではっと表情をこわばらせ、「ハイパー空間では因果律が成立しない。時間はわれわれがよく知っているようには流れないわけか」

タウレクはローダンが絶望に襲われているのを感じとった。

「とはいえ、向こうもここにきてまもないはず」と、ロワ・ダントン。「フロストルービン内部でなにが起きたのか、解明する必要があります」

「なにが起きたか再現はできまい」ローダンは苦々しく答える。「フロストルービンはわれわれだけを吐きだし、銀河系船団はそのままのこして、かわりに無限アルマダをよこしたのだ」

「いまのところ、すべて推測にすぎません」ダントンが反論。「アルマディストとコンタクトをとるべきでしょう。われわれの疑問に答えられるのでは」

おそらくアルマディストたちもテラナーに負けず劣らず困惑しているはずだと、タウレクは思った。この数時間になにが起きたのか、わかっている者はいまい。フロストルービンとの関連では〝数時間〟という概念じたいに疑問符がつくが。自分たちはハイパー空間に数カ月、あるいは数年いたかもしれないのだ。銀河系船団の姿がないのもそれが理由かもしれない。ほかの艦船はとっくにこの宙域から撤退したのかもしれない。

だが、その考えを口にするのはやめた。ますます混乱の種が増えるだけだ。事実はいずれ明らかになるだろう……たとえそれが、どれほど恐ろしいものであるにせよ。

「あらたに判明したことが」ジャヴィアの声がタウレクの意識に入ってきた。「外にアルマダ作業工がうようよいます。知っているのとはすこし異なるタイプで、われわれが探知したエネルギー源を使ってなにかやっているようです」

タウレクがスクリーンに顔を向けようとしたとき、エリック・ウェイデンバーンが保安係ふたりにともなわれて司令室に入ってきた。ローダンが呼びよせたのだ。この男がなにか有用な情報を持っていると考えたらしい。

保安係にかこまれたウェイデンバーンは、妙に緊張していた。

その頭上には、子供のこぶしほどの大きさのアルマダ炎がむらさき色に輝いている。アルマダ炎がどうやって生じるのか、どういう効果をおよぼすのか、具体的に知る者は《バジス》にはいない。ただ、アルマディストたちはおたがい、巨大艦隊の構成員であるかどうか、これによって見わけている。アルマダ炎はアルマディストの証明なのだ。出自のよくわからないテラナー、エリック・ウェイデンバーンも、この〝身分証明書〟を持っている。

「きみの協力が必要だ、エリック」ローダンはスタック奨励サークルの創設者に話しかけた。

ウェイデンバーンはスクリーンの前に立ち、アルマダ部隊の探知インパルスに気づくと、目を光らせていった。

「こうなるとわかっていたはずです、ペリー・ローダン。スタックの掟から逃れることは、だれにもできません」

ローダンはかぶりを振り、

「われわれの心配ごとはほかにある、エリック。銀河系船団との連絡がとだえたのだ。《バジス》はいま、M－82のどこかにいて、なぜか無限アルマダの部隊にとりかこまれている」

ウェイデンバーンはスクリーンをじっと見ている。まるで、異艦船のくりひろげるドラマを楽しむかのように。

「わたしがずっと予言してきたとおり……」と、いいかけてやめ、あっけにとられたように主ハッチのほうを凝視した。

その視線を追ったタウレクは、痩せた男がひとり主司令室に入ってきたのに気づいた。どこかで見た顔なのに、すぐにはだれだかわからない。こんなふうに記憶が混乱することはめったにないのだが。当惑した。

男は笑みを浮かべている。とほうにくれたようすだが、うれしそうでもある。

その顔は真っ白だった。

これほど青白い顔をタウレクはいままで見たことがない。まるで蠟のように白く、死人と見まごうばかりだ。何百年ものあいだ、外の空気にまったくあたってないとしか思えないほど。驚いてしまう。

だが次の瞬間、だれなのかわかった。その名前が頭のなかに押しよせ、文字どおり爆発する……

シェーデレーア！

《バジス》を壊滅的な衝撃が襲ったのは、そのときであった。

まさに司令室ごと、突きあげられる。タウレクの周囲はグロテスクなかたちにゆがんだ。船がばらばらになったかもしれない。

なにかがすさまじい勢いで激突し、銀河系船団の指揮船を揺さぶったのである。

3

ジェルシゲール・アンは物心ついてからずっと、いつの日かトリイクル9を発見することを夢みてきた。それをついに無限アルマダがはたした瞬間、アンもほかの多くのアルマディストたちも、その意味を正しく評価することはほとんどできなかった。

そして、アルマダ中枢から信じられない命令を受けたのである……異人の船団を追ってトリイクル9に突入せよ、と。

囚《とら》われの身から解放されて以来、理由はわからないものの、ジェルシゲール・アンは生まれ変わったようだった。前ほど疑念に苦しめられたり、アルマダ中枢の命令の正当性について考えたりしなくなっている。

それでも、トリイクル9への突入が自分たちになんらかの影響をおよぼすだろうとは予感した。異船団を追跡するこの行為は神への冒瀆《ぼうとく》。シグリド人もほかのアルマディストも〝黒の成就〟に罰せられるだろう。

アンは、味気ない日常がふたたび有無《うむ》をいわせずもどってきたような印象を受けた。

トリイクル9内部へ到達した瞬間は、とても荘重といえるものではなかったからだ。ハイパー空間に入ったことは最初の瞬間に気づいたが、《ボクリル》のコースをたもつことに専念しすぎており、それについて考えこんでいる時間はなかった。トリイクル9とハイパー空間がどう結びつくのかも、いまのところわからない。

アンは優秀で経験豊富な司令官である。なにか尋常でないことが起きているといううしかな感覚があった。それが自分と種族と無限アルマダ全体にとり、なんらかの影響をもたらすだろうことは、《ボクリル》がアルマダ第一七六部隊の先頭を切ってトリイクル9に突入したとたんにわかった。

異船団を追跡したのはとんでもないまちがいだった。アルマダ中枢にいる上層部から見れば正しい処置だったかもしれないが、アンにとっては凶運でしかない。トリイクル9に入った《ボクリル》は、ほかのシグリド艦との連絡を絶たれた。むろん、無限アルマダ全部隊とも。

説明のつかない状況がくりひろげられる異空間にかこまれ、《ボクリル》は制御を失って虚無に墜落していくようだ。機器類はまったく作動しないか、非現実的な数値を表示するのみ。コントロール不能なのだ。

通信シグナルを発信しようと考えた。通常空間に復帰したとき、ほかの艦が見つかるかもしれない。アンが命令を出そうとした、そのときのこと。

未知の恒星がひしめき合うのが見えた。次に、アルマダ艦の探知インパルスを発見したと思いこみ、安堵感でよろめきそうになる。

しかし、その感覚はわずかしかつづかなかった。

アンはトリイクル9への突入前に、乗員たちに宇宙服の着用を命じていた。そのおかげで多くの宙航士が命を救われたのだといえよう。

というのも、《ボクリル》は恐ろしい勢いでとてつもなく巨大な一物体に激突したからだ。その物体はシグリド艦が実体にもどった場所のほど近くにいた。アンは操縦メカニズムに触れることすらできなかった。すべてがあまりに急激に進行し、どうすることもできなかったのである。

衝撃により、アンは吹っ飛ばされた。司令室がぐるぐる回転しだす。宙航士たちは転げまわり、つかまるところを必死に探していた。空気がどこかの割れ目から急激にもれだす特徴的な音がして、《ボクリル》は相対的に静止した。だが、床がななめにかたむいているため、アンはコンソールのほうへゆっくり滑ってしまう。だれかが水をかくような動作でわきを通りすぎ、うっかりぶつかってきた。ヘルメット・テレカムが故障したのか、雑音が絶え間なく聞こえる。アンはコンソールの台座に衝突した。背中の瘤《こぶ》にリウマチの鈍い痛みがはしる。

しばらくその姿勢のままでいた。動くとよけいに状態が悪くなる気がしたからだ。見あげると、巨人の目のように見えるスクリーンに、ちいさな銀色の物体がいくつか飛びすさっていくのがうつしだされた。割れ目から勢いよくもれだす空気とともに、シグリド人宙航士が真空に吸いだされたのだ。

ヘルメット・テレカムに遠くから声が聞こえてくる。装置の故障による雑音に負けじと、だれかがどなっているようだ。アンは必死で考えをまとめはじめた。いったいなにが起きたのか。

振り返ると、数名の司令室要員が見えた。団子状にひしめき合い、装置につかまって起きあがろうとしている。救命ロボット数体が司令室になだれこんできた。その行動を見て、アンはある程度カタストロフィの規模を推しはかることができた。ロボットたちはやみくもに消火剤をまきちらし、宙航士たちを外に引きずっていこうとしている。

艦はひどく損傷したにちがいない。そうとうの個所が破損し、作動不能になっているだろう。それでも、いまはやけにしずかだが。

アンは考えた。《ボクリル》はトリイクル9から吐きだされ、そのまま小惑星に突っこんだのではないか。

だが、すぐに否定する。そんなありそうもない偶然がかんたんに起こるはずはない。アルマダ第一七六部隊のほかの艦に衝突したと考えるほうが合理的だ。

しかし、やはりみずから異を唱えた。部隊にそれほど巨大な艦は存在しない！

調べなければ、疑問は解けないだろう。調べれば、絶望的運命を受け入れることになるかもしれないが。

アンは手袋をした手でなにかの割れ目をつかみ、立ちあがった。けがはなさそうだ。ゆっくりまわりを見まわす。だれか部下と話をして、事態を把握しなければ。

《ボクリル》は未知物体と正面衝突し、そのなかにめりこんでしまったらしい。

アンはコンソールにそって滑り進み、一シートまで行った。そこには技師のカルサナル・ズーがすわっているが、衝突のショックで失神したらしく、動かない。

アンはスクリーンがもっとよく見えるように上半身をそらしてみた。

自分の目が信じられなかった。

《ボクリル》が衝突した相手は、異人の指揮船《バジス》ではないか！

わけがわからない。むだだと知りつつ、どういうことかと考えをめぐらす。トリイクル9に突入する前、両艦船は比較的、近距離にいた。おそらく、ふつうなら影響のない重力がハイパー空間ではちがう作用をおよぼしたせいで、二隻がまったく同じポジションで実体にもどったにちがいない。

だが、事故原因がなんであろうと、いまの問題はそれではない。

司令室の空気圧に変化がないことを確認し、アンは危険をおかしてヘルメットを開けた。たちまち混乱状況が伝わってきた。壁のあらゆる個所に亀裂ができ、めりめりときしむ音がしている。宙航士たちの狂ったような悲鳴もそこらじゅうから聞こえる。

アンはインターカム装置に身を乗りだした。艦内のできるだけ多くの場所に伝わるといいのだが。

「こちら司令官！」と、呼びかける。「トリイクル9の内部にいたわずかなあいだに、部隊とのコンタクトを失ったらしい。〝強制インパルス〟の取り決めがどうなったかわからないが、ハイパー空間ではインパルスの効力もなくなると思われる。われわれ、トリイクル9内部で方向を定められるようになる前に、通常空間にもどされたようだ」

シグリド人たちに考える時間をあたえるため、そこでしばらく間をおいた。司令官の声を聞けば、部下もおちつくだろうと思って。口を閉じているあいだ、スクリーンに目をやる。

からだのなかで、なにかがこわばるのを感じた。

《ボクリル》はたしかに複数のアルマダ艦のあいだにいるが、ほかのシグリド艦がまったく見えない。未知のアルマダ部隊のなかに出てきてしまったらしい。

アルマダ第一七六部隊は影もかたちもなかった。

アンは暗い気持ちでつづけて、

「われわれの現在ポジションは、中央後部領域・側部三十四セクターではなく……」

無意識にコンソールを見る。突然、艦がふたたび動きだしたのがわかった。《ボクリル》は《バジス》とともに、とほうもない重力にどんどん引きよせられていく。このエネルギー源のインパルスは、誤解の余地もないものだった。

「司令官！」

だれかの声がして、アンはためらいつつ振り向いた。ターツァレル・オプが立っていた。右肩を押さえており、顔色は蒼白だ。負傷したらしい。だが、その視線はコンソールだけに注《そそ》がれている。

「司令官！」オプは驚愕の表情でくりかえした。

「うるさい！」アンは自制するのも忘れて大声をあげた。「わたしがわからないと思うのか？　きみの声も聞こえている！」

「こ、ここは……エネルギー圃場《ほじょう》です！」オプはつかえながらいった。「われわれ、エネルギー圃場のどまんなかに出てしまった！」

＊

グーン・ブロックのエネルギーはとても長持ちだ。この駆動システムはアルマダ牽引機とも呼ばれ、大きさにもよるが、一度も〝給油〟せずに二十五万光年を翔破できる。グーン・ブロックにエネルギーを補充するのは、無限アルマダ内の数カ所にあるエネルギー圃場だ。このために特化されたアルマダ作業工を助手に、多くの種族が充塡作業にたずさわっている。

だが、それ以外のアルマダ種族はエネルギー圃場を避けていた。近づくと、とんでもない不運が起こるからだ。くわえて、エネルギー圃場で不気味な体験をしたアルマディストたちの話もあちこちで聞く。

エネルギー圃場の中心部には小型のブラックホールがある。はるか昔、専門の者たちがそれを〝捕獲〟し、制御可能にしたのだ。エネルギー圃場内で働くアルマダ作業工の任務は、ブラックホールに物質を供給することと、グーン・ブロックにエネルギーを充塡すること。ブラックホールの〝栄養源〟となるのは、無限アルマダで使い道のなくなったものならなんでもいい。艦船のスクラップ、塵芥《じんかい》、宇宙瓦礫、アルマディストの遺体……すべてがエネルギー圃場に運ばれ、それをアルマダ作業工がブラックホールの引力にゆだねる。グーン・ブロックのエネルギー補充は完全リサイクル・システムといってよかった。

しかし、それでもやはり自然法則にしたがって損失は生じる。そのため、つねに追加ぶんの物質を供給する必要があった。中心部にちいさな黒い怪物を飼っているエネルギー圃場は、満腹することがないのだ。噂によると、すでに制御不能におちいったエネルギー圃場もあるという。そうした領域に入るたび、無限アルマダはひどい損害をこうむったにちがいない。だが、エネルギー圃場の処理・運用に関して決められるのは、アルマダ中枢だけだ。

また、エネルギー圃場の深部まで行けるのは、この環境に特化してつくられたアルマダ作業工とグーン・ブロックのみ。

そのような場所へ《ボクリル》と《バジス》は出てしまったのである。すべてがカタストロフィの様相をしめしてきた。

*

ターツァレル・オプはわれに返り、全身を震わせた。

「あの異人たちのせいだ」と、憤怒の形相《ぎょうそう》で吐きだすようにいう。「われわれを罠にかけたのです」

ありうる、と、アンも思った。エリック・ウェイデンバーンの話によれば、テラナーというのは、ときにそうした謀略手段を使うこともあるようだから……どうやってこんな事故を演出したのかは謎だが。それでも、あらゆる可能性を考慮に入れる必要があった。

アンはしばらくオプを見つめたあと、ふたたびインターカムに向かい、

「すべての制御システムを検査せよ！」と、命じる。「艦載兵器、作動！」

「できることはあまりありません」オプが発言した。「シャフト四本のうち二本がもぎ

とられました。タンク本体にも大きな亀裂が二カ所、ちいさい亀裂が数カ所あります」

シャフトが二本ないということは、すくなくとも二機のグーン・ブロックが失われたのだ。もし本当にここがエネルギー圃場の引力圏だとしたら、牽引機ふたつだけで《ボクリル》を《バジス》から引き剝がし、小型ブラックホールの力から逃れるのは、ほぼ絶望的である。

だが《ボクリル》が無限アルマダの一員であることは、外にいるアルマダ作業工にはわかるはず。協力が得られるかもしれない。いちばんいいのは、タンクに接続できるグーン・ブロックを見つけることだ。そうすれば、難破した艦の安全を確保できる。

いつのまにか、シグリド人宙航士が数名、司令官のもとに集まってきていた。とほうにくれたようにアンを見ている。

「トゥル、アルマダ作業工か、ほかのアルマダ艦に通信連絡をとるのだ」と、アンは命令した。「手遅れになる前にここから脱出しなければ」

トゥルは熟練した技術者で、勤勉な司令室要員だ。そのかれがうなだれていう。

「使えるのはインターカムだけでして……通常通信もハイパー通信も機能しません」

ジェルシゲール・アンは、自分をとりかこむ輪がどんどんせまくなり、二度とそこから抜けられないような印象をいだいた。生涯に一度だけ、罠にはまったことがある。搭載艇に乗っていて、制御不能になったグーン・ブロック二機のあいだで事故を起こしたときだ。まだ若かったころの話だが、あの経験は忘れたことがない。ときどき、それにまつわる悪夢をみる。

また、あのときの再現だ。アンは絶望的になった。

部下たちが司令官の指示を待っている。

「だれかが救出してくれる」と、アンは小声でいった。確信を持って述べたように聞こえるといいが。「そのあいだ、なにか《ボクリル》でできることがないか、たしかめよう」

だが、計器の数値どおりなら、すでに結果は明らかだ。

全員、打ちのめされていた。

艦を捨てるしかない。

問題はただひとつ、いかにすみやかに《ボクリル》を曳航し、乗員たちを救出するかだ。機能するグーン・ブロックが一機あれば、シグリド人の旗艦にまだのこっているものを安全な場所にうつすことができるのだが……中心にブラックホールを持つエネルギー圃場と《バジス》さえなかったら。

死者が二十六名ですんだのは奇蹟といっていい。アンがスクリーンで目撃した、破損個所から真空へと吸いだされた者たちだ。

いまテラ船の状況はどうなっているだろう。テラナーの行動ひとつで、シグリド人が生きのこれるかどうか決まるかもしれない。

「通信装置が故障したので、いまのところ、ほかのアルマディストに助けをもとめることはできない」司令官は《ボクリル》の乗員たちに語りかけた。「むろん、だれかがわれわれの窮状に気づく可能性もなくはないが、期待はできまい」

《ボクリル》を捨てることになると思うと、アンの胸は痛んだ。生まれてからずっとこの旗艦で暮らしてきたのだから。破壊することなどありえないと信じていた。

「タンクの副エアロックに集合するぞ」

「なにを考えているのです？」オプが問いただした。すっかり衰弱しているらしく、腕でからだを支えている。けがの程度はアンが思ったよりひどいのかもしれない。

「艦を出て、外側から《ボクリル》を動かせないかやってみるのだ」と、答えた。「爆破すればなんとかなるだろう。そのあと、グーン・ブロック一機でここから脱出する」

「エネルギー圏場から脱出する？」トゥルは懐疑的だ。「異人がどういう反応を見せるか、考えましたか？　そうあっさり爆破させるとは思えません」

「分散して行動しよう」と、アン。「オプ、乗員の三分の一を連れていき、爆破計画を確実に実行するのだ。よろしいか？」

「了解」オプは簡潔に答えた。顔の水疱が震え、落ちくぼんだ目はぎらぎら光っている。

「先にとりかかってくれ。エアロックにのこりの全員が集まりしだい、われわれは艦を出る。各自、工具類や武器や食糧を持てるだけ持つように。二度と《ボクリル》にもどれないかもしれないから」

アンは急いでヘルメットを閉じ、動きだした。計画が実現できるかどうかはわからない。だが、《ボクリル》で死を待つよりは、なにかしたほうがいいだろう。

4　幕間劇　その一

　ここはM－82銀河の内部から放出された巨大な物質雲の周辺宙域。不格好な鳥に似た宇宙船が五百隻、古い象牙《ぞうげ》のような色合いの外被を輝かせて宇宙空間を疾駆している。先頭を行くのは二千五百メートル級の球型艦だ。

　この旗艦は部隊のほかの艦と明らかに出自が異なる。主エアロック上部に書かれた艦名を見なくても、そのちがいは歴然としていた。

　そこには《ソルセル＝2》とあった。つい最近あらたに書きくわえられたばかりだ。注意して観察すれば、外被にはこの艦名だけでなく、砲塔やドームやアンテナといった装備が追加・改良されていることがわかる。ほとんどすべてが新しいものだった。

　司令室の操縦装置前にはベッドが置かれ、頰のこけた青白い男が横たわっている。かれは熱っぽい目をして頭をあげ、命令した。

「加速やめ。観測開始」

　命令を受けた生物はいずれも、かれと外見が異なる。とりわけ、顔のつくりがちがっている。

ただ二名、かれの同胞と思われる人物がいた。男女ふたりだ。男のほうは疑り深い顔つきでベッドの横に立ち、コンソールを見つめていた。肥満体といっていいほど肉がついている。女のほうは腕に乳飲み子を抱いていた。赤ん坊がときおり満足げな吐息をもらす。

「ついにきたんだな」と、太った男はいった。「M-82か。まともな人間なら、こんな場所に息子を連れてこようなんて思わないね」

「泣き言はやめて、ブレザー」女がコメント。「飛行中、ずっと文句ばっかり。ほかにいうことはないのかしら」

ベッドに横たわった男、サーフォ・マラガンがちいさく笑う。

「相いかわらずだな、こいつは」

ふたたび頭をおろす。司令室天井からさがった大きな球体と頭部をつなぐチューブが揺れた。光る球体のなかでは昆虫に似た極小の物体が無数にうごめいている。マラガンはつづけて、

「ブレザー・ファドンは生まれながらのペシミストだ。引き返したくて文句ばかりいっている。クラン人たちが意気をくじかれないのが不思議だよ」

「引き返すとはいってない！」ファドンは弁解した。「ヴェイクオストに帰りたいわけ

じゃないんだ。スカウティに訊けばわかる。ただ何回か、クラン艦隊と別れて銀河系をめざしたらどうかといっただけだ。死ぬ前にいっぺん地球を見たいよ」

ファドンはいかにも健康そうに見える。それに、若々しい。

「この人、ドウクに地球で洗礼を受けさせたいのよ」スカウティはいい、赤ん坊の顔をのぞきこんだ。

マラガンは考えこみ、

「銀河系にコースをとることはいずれ考えよう。ただ、まずはこの銀河を見てみたい。アトランの指示だからな」

ファドンは鼻息も荒く反論した。

「《ソルセル＝2》を動かしてクラン艦隊とともにM－82に飛べなんて、アトランはひと言もいわなかったぞ。われわれの任務は、クランドホル公国と協力して〝それ〟とセト＝アポフィスの権力範囲間にある緩衝地帯を防衛することだ。リスク覚悟で敵超越知性体のどまんなかに冒険旅行に出るなんて話、まったく聞いてない」

司令室勤務のクラン人たちは、この論争を傍観していた。ベッチデ人三人が言い合いをするのはしょっちゅうだから。公爵カルヌウムとクランドホルの賢人からは、マラガンの命令だけを聞けといわれている。かれらはそれにしたがっていた。

「セト＝アポフィスは、だれかが自分の本拠地にあえて侵入してくるとは夢にも思っていないさ」マラガンが応じる。「それに、いまのところコンタクトしてくるようすもない」

「まだやっと周辺宙域に着いたばかりじゃないか！　忘れるな！」と、ファドン。

生後二週間になったばかりのドゥクがスカウティの腕のなかでむずかりはじめた。おかげでファドンはほかのことから気をそらされ、

「腹が減ったんだ」と、決めつける。「赤ん坊を泣かせるなよ、スカウティ」

若い母親は怒ったような目を向け、皮肉を飛ばした。

「あなたって、宇宙的戦略だけじゃなくて、赤ちゃんの育て方に関しても素人なのね」

スカウティが赤ん坊をしっかり抱きしめて司令室を出る。ファドンはとほうにくれたまま、それを見送った。サーフォのほうを向き、

「スカウティのようす、おかしいと思わないか？」と、いう。「だいたい、赤ん坊の育て方なんてどうやって知るんだ？　彼女が本を読んでるところも見たことないし……」

「やれやれ、ブレザー！　スカウティは自分のやるべきことがわかってるのさ」

ファドンはマラガンの頭上にあるスプーディ塊に目をやり、

「もしかして、その……きみが……」

「赤ん坊に関する知識を吹きこんだといいたいのか？」

「スプーディのもたらす知識は広範囲にわたるから、そういうこともできるかと」ファ

ドンの表情は暗い。「ドウクのことなんか、きみにはどうでもいいように思えるけど」

「ドウクはきみの息子だろう、ブレザー」マラガンはしずかにいった。「なんだか過剰に反応しすぎていないか？」

ファドンは顔を赤らめ、うしろめたそうにうつむいた。

「トマソンを呼んでくれ」マラガンは話題を変えた。「M－82の奥に進入する前に、偵察艇を数隻、送りだしたい。まずはその報告を待ってからだ」

しばらくして、一クラン人宙航士が司令室に入ってきた。トマソンは以前《ソル》に乗務していたが、アトランがクランドホル星系を出発したのちは第一艦隊ネストに召還されていた。それをマラガンの希望で《ソルセル＝2》に呼びよせたのだ。惑星クラン人トラップで難破したSZ＝2を換装・再生したときのこと。もともとのソルセルの装備はほとんどのこっていない。

これは基本的には新造艦といってよかった。

それでもその神話はマラガン、ファドン、スカウティのなかに生きつづけている。ファドンにはわかっていた。マラガンだって、生涯に一度でいいから地球を見たいとなにより望んでいるのだ。だが、クランの水宮殿《みずきゅうでん》における賢人の役目をアトランから引き継いだ男は、宇宙的規模のものごとの前には個人的な望みなどがまんすべきだと知っている。それができるのはすごいと、ファドンは感心していた。同時に、サーフォが遠い存在になったような気もする。

ひとつには、おのれの良心がとがめているせいもあるだろう。かつてサーフォとスカウティは愛し合っていた。だが、いま彼女はファドンと暮らしていて、子供もいる。その件に関して、マラガンは一度だけ口にしたことがあった。この遠征に出発する前、クランでの話だ。

トマソンの声が聞こえてきた。

「この銀河をひと目見て、宙航士たちはおちつかなくなっています。かつてここでひどいカタストロフィが起きたとわかっているので」

「千百五十万年以上も前の出来ごとだ！」と、マラガン。

「クラン人の気質はあなたもご存じでしょう」トマソンは、まるで自分がクラン人でないような口調だ。「かれらは極端にはしりやすい。想像力を働かせ、存在しないものを見てしまうのです」

マラガンはゆっくりうなずき、

「徹底的に調査するまで、行動に出ることはしない」と、約束する。M－82の一部分がうつるスクリーンに、内なる葛藤を感じつつ目をやった。

この暗い深淵に、なにがかくされているのだろう？

どのような危険がひそんでいるのか？

トマソンは狼の顔をしかめ、頭を勢いよく動かしてたてがみを振った。神経質になっているのだ。

「これからなにが起きるか、自分たちの判断で決められるとでも思うのですか？　われわれ、すでに発見されたかもしれない。あらゆる抵抗処置がとられているとも考えられます。いずれにせよ、驚かされることは覚悟しなければ」

「わかった」マラガンは譲歩した。「艦隊に警報を発令せよ。すこしでも危険な兆《きざ》しがあれば、ただちに撤退する」

ファドンは安堵と感謝の視線をトマソンに送った。

これで、すくなくとも出口の見えない冒険に突入して進退きわまることはないだろう。

ファドンは数歩さがり、こっそりマラガンを観察した。四六時中、このスプーディ塊に縛られているのはどんな気持ちだろうと、よく考える。サーフォはなぜ、自分とスプーディをつなぐチューブを切断してくれとたのまないのか？　スプーディのもたらす豊富な知識を失いたくないからか？

ファドンのひそかな心配はもうひとつある。サーフォはもうとっくに自由意志というものを失っていて、スプーディにすべてをゆだねているのではないか。とはいえ、そうした兆候は見られないが。

惑星キルクールでともに成長した旧友を見おろすブレザー・ファドンの胸に、べつの思いが浮かんだ。
赤ん坊のミドルネームが〝サーフォ〟だと知ったら、かれはなんというだろう？
息子はドウク・サーフォ・スカウティ＝ファドンという名なのだ！

5

自分が物質の泉の〝こちら側〟にくる前に経験した試練や苦しみは、すべてむだだったのではないか……そう苦々しく思う瞬間がタウレクには何度かあった。つかの間、コスモクラートの計画に対する信頼を完全になくしてしまった。自分はこの船で死ぬのかもしれない。

無意識にゲシールの姿を探す。生きていられるのもあと数分だと、ばかげた考えにとらわれたのだ。

だが、かつて次々に起こった出来ごとが、ふたたび現実感をともなって意識にもどってきた。おのれを叱咤《しった》する。だれかに考えを読まれたのではないかと、急いでまわりを見まわした。

やがて、ペリー・ローダンとウェイロン・ジャヴィアがそれぞれインターカム装置に向かい、ひっきりなしに命令をくだしているのに気づいた。

ロワ・ダントンとサンドラ・ブゲアクリスは機器類の表示値を読みとり、ハミラー・

チューブとコンタクトをとっている。

一乗員がタウレクのそばを通りすぎ、目を見開いてスクリーンをさししめした。ちょうど司令室に入ってきたところで、衝突の事実を知ったようだ。

騒がしい声のなかから、ダントンが問いかけるのがわかった。

「相手が意図的にやったことだと思うか？」

ハミラー・チューブへの質問だったが、ぼうっとしていたタウレクは、自分に話しかけられたように感じた。

「わかりませんが、《シゼル》のようすを見にいくべきでは？」

ジャヴィアがシートのなかから振り返り、

「もうメールダウ・サルコが確認した」と、応じる。「第七から第九までの格納庫は異状がない。つまり《シゼル》はぶじだ」

「《シゼル》と衝突したっていうの？」サンドラ・ブゲアクリスが大声を出す。「なぜ、そんなばかげたことを？」

「相手はどう見ても《バジス》より小型ですから」と、ハミラー・チューブ。

タウレクはむっとした。コンピュータにしてはずいぶん皮肉な答え方だ。

コンソール上の映像が次々にうつりかわり、最後は一アルマダ艦がフェードインした。ふたたびどよめきが起き、だれもが口々にしゃべりはじめる。タウレクは各自の発言を聞き分けるのに苦労したが、そんななかでもローダンはあわてず騒がず正確に指示を出していた。

タウレクにはわかった。あれはシグリド人の艦だ。

シグリド人については、クリフトン・キャラモンとエリック・ウェイデンバーンのおかげで多少わかっている。

それにしても、なぜこの一隻だけが至近距離にいたのか？

アルマダ第一七六部隊は総計五万隻からなるはず。

そのなかで、よりによって一隻だけが《バジス》と同ポジションに実体化し、衝突したということ。

偶然ではありえない！　相手は狙ってぶつかったのだ。

〝決死隊〟という言葉がある。シグリド人部隊の数名が、そうした自殺的作戦に出たにちがいない。

しかし、かれらはどうやって《バジス》を発見したのか？　どのようにしてM‐82にあらわれたのか？

タウレクはそれ以上、考えるのをやめた。堂々めぐりになってしまうから。

コンソールのところでくりひろげられている会話に意識を集中させる。

「探知によると、あのシグリド艦、ハイパー空間放射の残響をオーラのようにまとっています」レス・ツェロンがいう。「ということは、ハイパー空間からここへいきなりあらわれたわけだ」

ロワ・ダントンが額をこすり、なかばマルチ科学者に、なかばハミラー・チューブに向きつつ、考えこむようにコメントした。

「意図してそのような操縦ができるものじゃない。一方、こんなことが偶然に起きるとも思えない。確率からいくと、ありえない話だ。それでも実際にわれわれは衝突された。だれか納得のいく説明をしてくれないか？」

「あれはシグリド人の旗艦《ボクリル》です」エリック・ウェイデンバーンが小声で応じた。

ダントンは驚いて、

「いったいなぜ、そう思うのだ？」

「エリックのいうとおりだよ！」グッキーが割りこむ。「ぼくとフェルマーが小耳にはさんだのは、ぶつかったシグリド艦の幹部たちの会話だった。こっちに負けず劣らず混乱してるぜ」

ウェイデンバーンはダントンをじっと見て、

「おわかりでしょう」と、慇懃《いんぎん》な調子でいう。

これらの会話以外に情報はないかと探ってみたが、タウレクが感知したのは人々の秘めた恐怖、瞬間の衝撃、危険といったものだけだ。それがこの場を支配していた。

ペリー・ローダンは吐息をもらすと、シートをリクライニングさせ、数秒ほど目を閉じた。これほどみじかい時間にリラックスしたり、あるいは集中したりできる人間がいるとは、タウレクには信じられない。おそらく、これは周囲の人々への合図のようなものだろう。ローダンはむっつりと口を開いた。

「われわれには脱出手段がない。主要装置へのエネルギー供給がとだえている。つまり、探知で判明した、ちいさいが高質量の構造物にずっと捕まったままということ」

ダントンがクロノグラフをちらと見て、ハミラー・チューブに問い合わせる。

「損害個所の修復にどれくらい時間がかかる？」

「わかりません！」

コンソールのところにいた要員たちが、殴られたようにぴくりとする。

「どういう意味だ？」ローダンの声には怒気が感じられた。

「n次元エネルギーが相手ですから」謎めいた船載計算脳は答える。「衝突で生じた目に見える障害は除去できますが、メタグラヴ・エンジンに関してはお先真っ暗です」

「そういうぞんざいな表現を使うんじゃない」ローダンはコンピュータを叱りつけた。

「死者はゼロです」動じるふうもなく計算脳はつづけた。《バジス》乗員のあいだではいまなお、ハミラー・チューブ内部に人間の意識が宿っているかもしれないと疑う声があるのをタウレクは知っている。「船体の損傷は二週間で修復できます。必要な処置をすでに講じました」

「例の重力中心だが、距離はどれくらいだ?」と、ローダン。

「正確にはわかりません。この構造物から発せられる妨害放射はすさまじく、探知装置が影響を受けていますので」

ローダンは眉根をよせて、

「で、この構造物の正体はなんだと思う?」

「小型ブラックホールです」コンピュータの答えだ。「《バジス》は容赦なく捕まっています。メタグラヴ・エンジンを動かせなければ、しだいに加速価が強まり、最後には墜落してしまうでしょう」

ローダンは何度か唾《つば》をのみこんだ。ハミラー・チューブはときどきコンピュータにしてはおかしな話し方をするものの、事実に即した情報を提供することで知られている。

「シグリド人が!」ウェイロン・ジャヴィアが割りこみ、スクリーンを指さした。「《ボクリル》を捨てて《バジス》に侵入しようとしています」

＊

アラスカ・シェーデレーアはスクリーンを見た。淡褐色の宇宙服に身をつつんだシグリド人宙航士たちが、難破船のエアロックから湧きでてくる。技量を見せつけようとする体操選手みたいに《ボクリル》の外被をよじのぼる者もいれば、三角形の背嚢《はいのう》についた推進エンジンを使って《バジス》のほうに向かってくる者もいた。どのシグリド人も装備一式を身につけていた。どう見ても武器の類《たぐ》いであることは、シグリド人の技術をくわしく知らなくてもひと目でわかる。

アラスカが司令室に入ってきてから、まだ数分しかたっていない。入ったときは不安な気持ちでいた。いまから、カピン断片のない顔を全員にまじまじと見つめられるのだと思って。

しかし、そうはならなかった。宙航士たちの視線はほんの一秒、死人のごとく青ざめた男の顔にとまっただけで、すぐにカタストロフィが起きたからだ。

アラスカは自分がおかしな顔だとわかっている。六百年以上ものあいだ組織塊が皮膚にくっついていたのだ。肌は蠟のように白く、皺はまったくなく、ひんやりとした陶器を思わせる。血管も毛穴もほとんど見えず、至近距離で見ると、かすかな縞《しま》模様のある明るい色の大理石みたいだ。低い鼻は棒のように細く、糊で貼りつけたように見える。唇は横にならべた二本の指に似て、血の気《ちけ》がない。褐色の目は生き生きしているが。

この顔を最初に見たとき、むだと知りつつ、皮がむけそうになるほど強く両手で肌をこすってみた。だが、血の気がもどることはなかった。

いまにまともになる！　そう願うしかない。

司令室に入ってほかの者たちと顔を合わせるのは、非常に勇気のいることだった。カタストロフィのせいでほとんど全員の注意が《バジス》のほうにそらされ、アラスカはほっとしていた。

スクリーンにうつるシグリド人たちは、かなり狙い定めて行動している。めざすものが正確にわかっているようだ。

「《ボクリル》には乗員が二千五百名いるのだったな？」ローダンがウェイデンバーンに向きなおって訊いた。

人類最初の無限アルマダのメンバーだと称している男は、ためらいがちにうなずく。

「そのうち数名は追突の犠牲になったかもしれない」と、ローダン。「あとどれくらいしたら、ほかのアルマディストたちが救助にくるだろうか」

「いまのところ通信シグナルは傍受していません」ウェイロン・ジャヴィアが確認する。

「おそらく通信装置が故障したのでしょう。ちなみに、M‐82に到着してからはアルマダ中枢からのシグナルもとどいていません」

「アルマダ作業工がどんどん《バジス》の周囲に群がってきた！」ロワ・ダントンが叫んだ。

ローダンの息子のいうとおりだと、アラスカにはわかった。これまでに見かけたアルマダ作業工は黒い色をしていたが、スクリーンにうつっているのはエナメルのごとく輝くグレイの外被を持つ。たぶん特殊ロボットの類いだろう。

「あの水疱生物たち、なにをするつもりなのか？」フェルマー・ロイドが苦々しげに、

「それぞれの思考は読めないまでも、決死の覚悟を感じる」

「まさか《バジス》を乗っ取るつもりじゃないでしょうね」と、サンドラ・ブゲアクリス。

「それも考えておくべきだな」ローダンはうなずき、インターカムで各部署に連絡をとった。それから格納庫主任に命じ、万一の攻撃にそなえて宙航士たちに防御態勢をとらせる。さらに、戦闘ロボット数百体を外に出して《ボクリル》の周囲を監視させることにした。

「あまりに慎重すぎるのでは？」ロワ・ダントンが詰問する。「向こうが船殻にひとつふたつ穴をあけるまで、ほうっておくつもりですか？」

「かれらに本気で関わったとたん、近くにいる無限アルマダの全部隊を相手にするはめになるかもしれないのだぞ。おまけに、こちらは自分たちの正確なポジションもまだわからない」

この時点で、難船者のうち千名ほどが《バジス》周囲に一種の封鎖包囲線を張ったことがわかった。ほかのシグリド人たちは壊れた艦のそばにのこり、なにやらやっている。

「なにをしているんだろう?」アラスカは疑問を口にした。ジャヴィアがちらりとこちらを見る。アラスカは思わずうつむいた。見られるのには、まだ慣れない。

「ひょっとしたら、われわれの手に落ちる前に艦を破壊するつもりかもしれません」

《バジス》船長が答える。「相手がこちらをどう評価しているかによりますが」

グッキーがよちよち歩いてきた。ずっとシグリド人たちのメンタル・インパルスを探っていたのだ。

「よくわかんないけどさ」イルトはローダンの膝によじのぼり、まるくなった。すっかりくつろいでいる。「かれら、修理のことを考えてるみたいだよ」

だれかが皮肉な笑いをもらす。あれほどひどく壊れた艦をふたたび飛行させられると、シグリド人が思っているはずはないのだが。

そこへハミラー・チューブが報告してきた。

「メタグラヴ・エンジンはやはり作動しません。ブラックホールに近づくにつれ、どんどん加速価があがっています」

ローダンはののしり文句を発し、グッキーを乱暴に膝から押しのけた。立ちあがると、「シグリド人部隊への通信コンタクト傍受を試みるのだ!」と、ジャヴィアに命じる。

船長はインターカムに向かい、担当者にこれを指示した。

《バジス》の戦闘ロボットがデッキにあらわれたのを、アラスカはスクリーンで確認した。ロボットは掩蔽《えんぺい》されたエアロックから外に出て、シグリド人の包囲線から百メートルはなれた場所で配置につく。そのとき、スペース＝ジェット一機が難破船の上を周回しはじめた。

ローダンは勢いよく振り返り、怒気をふくんだ声で問いただす。

「だれの指示だ？」と、

「わたしです、ペリー」レオ・デュルクだ。「少々おどかしてやろうと思いまして」

だが、シグリド人たちはスペース＝ジェットにも戦闘ロボットにも関心をしめさない。自分たちの艦をいじるのに必死のようだ。

「かれらはアルマダ牽引機を二機、失っています」ジャヴィアが確認した。主スクリーンに表示されたグラフの値《あたい》を見て、「のこる二機がまだ作動するかどうかは不明です」

「艦のほかの部分はどうなった？」ローダンがいった。「残骸はどこにある？」

ハミラー・チューブが画面を何度か切り替え、外側カメラのとらえた映像をモニターにうつしだした。すぐに、《ボクリル》の残骸が《バジス》からほんの数百メートルしかはなれていない宇宙空間を漂うところが表示される。一見、相対的に静止しているように見えるが、実際は《バジス》と同じく重力中心の引力にさらされているのだ。残骸のまわりにはグレイのアルマダ作業工が複数いた。

「ロボットたち、残骸でなにかやっているぞ」ダントンだ。「集めて《ボクリル》を修理しようというのか？」

だれも答えなかった。この瞬間、スペース＝ジェットのパイロットが連絡してきたからだ。ブラックホールの影響で航行に問題が生じたという。ローダンはパイロットに帰還を命じてから、深刻な顔つきで司令室の面々を見た。

「つまり、もうじきこの宙域では小型艇は使えなくなるということだ。大型の搭載艦でなら、まだブラックホールから逃れられるかもしれないが、その場合は母船を捨てることになる」

場に沈黙がおりた。

ローダンはうなずくと、ハミラー・チューブに振り向き、

「その手段で逃れる決断をするまで、あとどれくらい時間がのこされている？」

「判断はむずかしいですが、二時間かと」

スクリーンが光った。アラスカはハッとした。《ボクリル》の至近距離で爆発が起きたのだ。

《バジス》乗員のだれかが正気を失い、シグリド艦を攻撃したのだろうか？

《ボクリル》のシャフトが一本、折れてぶらさがった。近くにいたシグリド人は大あわ

てで逃げだしたり、タンクと呼ばれる本体部分に掩体《えんたい》を探したりしている。

「わたしの推測が正しかったわけか！」ジャヴィアがため息をついた。「シグリド人はみずからの艦を破壊したのだ」

「そう見えるだけです、船長」と、ハミラー・チューブ。「狙いすました爆破で艦を《バジス》から切りはなしたかったようです。探知結果によれば、グーン・ブロックのうち一機はまだ作動するはず。それを使って、タンクだけでも動かそうというのでしょう」

シグリド人たちの動きが一瞬とまった。爆破の結果がどうなったか、見きわめているらしい。

「連中がこれ以上やるようなら、《バジス》の船殻にみごとな穴がひとつふたつあくかもしれませんぞ」レス・ツェロンが警告する。

どうしたものか、ローダンは決めかねているようだ。シグリド人の好きにさせれば《バジス》に重大な損害がおよぶ危険がある……阻止しようとすれば、ほかのアルマダ部隊を巻きこんだ戦闘がはじまるかもしれない。

「だれかがシグリド人と交渉して、あのやり方はまちがっているとわからせるべきです」と、ロワ・ダントンがいう。

「エリック・ウェイデンバーンを派遣しては？」ジャヴィアの提案だ。

「エリックはアルマダ炎を持っている。いまのわれわれにとり、かれは予測不能なファクターだ」ローダンはいっしんに考えこみ、「グッキーとラスを送りこんだら、向こうが平静を失ってしまい、ふたりには命がけの任務となるだろう。相手が超能力者にどう反応するか、わからないからな」

シグリド人たちがふたたび動きはじめた。アラスカには判断できないが、作戦の第一段階の結果に満足したのだろうか。おそらく、艦のなかで重要性の低いセクションを爆破することでうまく切り抜けたのだろう。シャフト一本ですんだところを見ると、成功したように思える。

「リスクをおかしても阻止するしかありません」サンドラ・ブゲアクリスが迫った。「《ボクリル》があるのは《バジス》外側セクションの主制御装置のすぐ近くです。そこで爆発が起きたら、どうなるかわかりませんよ」

「わたしが交渉してきます！」気がつくと、アラスカはそういっていた。

それまで、だれもかれに注意をはらっていなかった……いや、かたくなに目をそらしていたように思える。ローダンとサリクが心得たように視線をかわしたのを、アラスカは見た。

「たのんだぞ、アラスカ」と、ローダン。

「時間がないですよ！」女副長が抗議するようにいう。

「サンドラ」ローダンはおだやかに応じた。「のこり時間をすべてアラスカにまかせようじゃないか」

結局のところ、二時間弱ということ。アラスカ・シェーデレーアはそう心に刻んだ。

＊

司令室から巨大船の外殻まで、いままでこれほど短時間で到達したことはなかった。反重力シャフトも搬送ベルトも、すべて貸し切り状態だ。投光照明に照らされて目の前に横たわる《バジス》の表面は、まるで虚無へとつづく見捨てられた道路のように見える。アラスカが出てきたところは、シグリド人を観察できると同時に、向こうからは死角になる場所だ。

はっきりした計画があるわけではないが、正しいタイミングでのコンタクトにすべてがかかっているのはわかる。《バジス》がブラックホールらしき危険な構造物に向かっていることを、片時も忘れてはならない。

ここでアラスカは考えこんだ。ペリーはなぜ、わたしにすべてをまかせたのだろう。その答えを出せないでいるうち、シグリド人たちがふたたび自艦から後退して掩体を探しているのが目に入った。二度めの爆破を決行するつもりなのだ。

「やめろ！」アラスカは叫び、いましがた出てきた反重力シャフトの上部から飛びだした。

シグリド人たちには聞こえないだろう……偶然にヘルメット・テレカムの周波をアラスカの声に合わせていれば、話はべつだが。

しかし、その声は《バジス》司令室の男女には聞こえていた。

「どうした？」と、ローダン。

「また爆破しようとしています！」痩せた男は答えた。

金属外被に稲妻がはしり、いままで投光照明の影になっていたものがすべて浮かびあがった。いたるところに《ボクリル》の残骸がまきちらされている。アラスカは立っている足もとが振動したように感じた。もちろん幻覚だが。

両腕を振りまわして合図しながら《ボクリル》へと向かっていく。三度めの爆破を許してはならない。ペリーはなんとしてもそれを避けたいはず。

《ボクリル》は、めりこんだ場所から解放されていた。まだシャフト一本がついた状態のタンクが《バジス》の上、数メートルのところにある。まるで、釘を打とうと持ちあげられたハンマーのようだ。ゆらゆら揺れているのは、シャフト先端のグーン・ブロック、《バジス》、この宙域にある恐ろしいブラックホールといった、相反する力の作用を受けているせいだろう。アラスカの胸に《ボクリル》にのこされている操縦士たちへの同情の念が押しよせた。いったい、この状況でシグリド人たちになにができるのか？

アラスカは氷のような外被をした戦闘ロボット一体のそばを通りすぎた。目に相当するスリットがこちらをいぶかしげに見ているように感じる。ロボットの武器アームは《ボクリル》のほうに向いている。

「いま戦闘ロボットの位置を通過しました！」と、しわがれ声で報告。

「焦《あせ》るな」ローダンが忠告してくる。「時間をかけていいぞ、アラスカ」

封鎖包囲線をつくっていた一シグリド人が、こちらに振り向いた。ヘルメットが不透明なのではっきりしないが、その態度から、どうやらこちらの姿を目撃したことはまちがいない。ほかのシグリド人たちもいっせいに振り向いたから。

アラスカはヘルメット・マイクロフォンに向かって、いった。

「発見されました」

応答がない。外側カメラはこちらをとらえている。自分の一挙一動は司令室から観察できているはずだが。

アラスカはここにきてはじめて不安と恐怖に襲われた。

「いったいぜんたい、わたしはなにをすればいいんです？」と、大声をあげる。

シグリド人が近づいてきて、武器をかかげた。アラスカの現在ポジションは、ちょうどかれらと《バジス》の戦闘ロボットの中間だ。

そのとき、なにかが体内をはしった。この奇妙な感覚をおぼえたのは二度めだ。たぶん、カピン断片の消失に関係があるのだろう。そのことにからだの機能が反応しているのではないか。

六百年もあの代物とつきあってきたのだ。もしかしたら、ないとやっていけないのかもしれない。アラスカはシニカルにそう考えた。

カピン断片はいったいどこへ消えたのだろう？

ハイパー空間にのこされたのか？　フロストルービン内部という特殊なハイパー物理学的条件のもと、溶解してしまったのか？

だが、そうした疑問に頭を悩ませている時間はない。アラスカはみずからに気合いをいれた。いま答えを探すのはやめよう。

飛翔装置を作動させ、《バジス》外殻すれすれの場所を飛んでシグリド人たちのほうへ向かう。

「サート！」シグリド人特有の喉声がした。

「とまれ！」と、アラスカのテレカムから聞こえてきた。トランスレーターはアルマダ共通語にセットしてある。

シグリド人の声は、漏斗《ろうと》のような独特のかたちの口から出ていた。

相手のほうもいまは、まちがいなくヘルメット装置をテラの船団コードに合わせて調整していている。アラスカの接近に反応したということ。シグリッド人のすばやい学習能力をしめしている。おそらく、エリック・ウェイデンバーンを通じてテラナーに関する情報を入手したのだろう。銀河系船団の通信も傍受されているかもしれない。

アラスカはその場で静止した。

「こちらのいうことは聞こえているはずだな！」と、満足げに確認して、「わたしの名はアラスカ・シェーデレーア。銀河系船団最高指揮官の全権使節だ」

アラスカの周波に合わせていた相手は、あわてたがいに話し合いはじめた。

「こちらの平和的意図をしめすため、わたしひとりでやってきた。とはいえ、まず衝突についての説明をもとめたい」

「そちらの責任だ！」喉声が聞こえる。さっき〝とまれ〟と命じたのと同じ声だ。

そこにふくまれた非難の調子にひるみ、アラスカは言葉を失った。

「わたしの名はターツァレル・オプ」と、シグリッド人。「アルマダ第一七六部隊の捕虜となるためにきたのか」

アラスカは思わず笑みをこぼし、皮肉な口調で応じた。

「そのアルマダ第一七六部隊だが、どこにいるのだ？」

「わからない」こちらが困惑するほどあけすけな答えだ。

オプは武器を振りまわしている。その行動を人間の視点から判断することはできないが、どうも神経質になっているような印象だ。

無理もない！　生命の危機におびやかされているのだから。

「話し合えないだろうか？」と、アラスカは慎重に訊いてみる。

「そんな時間はない」と、オプ。「われわれ、いまエネルギー圃場にいるのだぞ」

エネルギー圃場というのがなんなのか、それはわからない。たぶん《バジス》も苦しめられているブラックホールに関連する語だろう。

どう応答したものかと考えているうち、エナメルを塗ったように見えるアルマダ作業工が《ボクリル》上方に百体ほど姿をあらわした。スズメバチの群れのごとく、艦に向かってくる。

アラスカは最初、ロボットがシグリド人の救助にきたのだと思った。ところが、驚愕したようなオプの叫び声をヘルメット・テレカムで耳にして、わかった。なにか予想外のことが起きたのだ。

6

トリイクル9を発見してからというもの、ジェルシゲール・アンの身にはいきなり不運が降りかかってきた。

どの伝説や予言にしたがっても、まったく逆の結果になるはずなのだが。アンはちらりと目をあげ、アルマダ炎が自分の頭上にあるか確認した。この支離滅裂な環境のなかで、それが唯一、信頼できるものに思える。

《バジス》から《ボクリル》を切りはなすことには成功したが、そこまでだった。アルマダ第一七六部隊の旗艦は《バジス》外殻の上方で重力の作用を受けてふらつき、いまにもまた墜落しそうになっている。

操縦しているのは艦内残留メンバーのルドだが、制御できていないのは明らかだ。三分の二が壊れた《ボクリル》を危険ゾーンから脱出させるのに、グーン・ブロック一機だけでは単純に不可能なのである。

駆動エネルギーの凝集域でエネルギー不足に苦しむはめになるとは、運命の皮肉としかいようがない。ここはエネルギー圃場のどまんなかで、あたりには〝満タン〟のアルマダ牽引機がひしめいているはず。なのに、だれも動かない《ボクリル》の面倒をみてはくれないのだ。

なぜ、救助の動きがないのだろう？

われわれをアルマディストと認識できないのか、あるいは、ほかに懸案事項があって、こちらにかまっていられないのか？

「司令官！」と、声がした。

アンはうしろめたさを感じて姿勢を正した。この困難な状況で、考えごとに気をとられていてはならない。

がっしりしたシグリド人司令官が立っているのは、テラ船の表面だ。ここにいたら、いつ攻撃を受けてもおかしくない。上のほうには《ボクリル》の残骸が浮かび、いくつかのこった投光照明が鈍い光を投げかけている。

「司令官！」

ターツァレル・オプの声だ。なにか、せっぱつまったようすが感じられる。こちらを追ってきた一テラナーのことが原因であわてているわけではなさそうだ。

「特殊ロボットが……《ボクリル》の上に！」オプが切れ切れに叫んだ。

アンは背嚢の飛翔装置を作動させ、五十メートルほど上昇した。そのポジションからだとアルマダ作業工が見える。百体をこえる数のロボットがいた。シグリド人たちには目もくれず、ひたすら艦の残骸に集まっている。自分たちを苦境から救いにきたのでないことはたしかだ。

なぜ、救出してくれない？

なぜ、アルマダ中枢はなんの指示も出さないのか？　その疑問がまさにアンの頭を悩ませていた。自分たちがトリイクル9を通過するあいだに、なにかが起きたのだ。その影響がしだいにわかりかけてきた。

「ルド」アンは語りかけた。見かけは平静をたもったまま。「聞こえるか？」

ヘルメット・テレカムから操縦士の声がしたが、はるか遠くから聞こえてくるようだ。アンはつづけて、

「これ以上やってもむだだ、ルド。可及的すみやかに《ボクリル》をはなれ、ほかの者につづけ」

「しかし、それでは艦が……」ルドは消え入るような声で答えた。カタストロフィの規模に圧倒されているらしい。

アルマダ作業工たちはいま、先ほど爆破した《ボクリル》の破片に群がっていた。各残骸片に十数体ずつロボットがつき、どこかへ運んでいく。

「〝黒の成就〟にかけて！」オプがうめいた。「作業工がなにをしているか、わかりま

すか?」

「もちろんだ」と、アン。「全残骸片をエネルギー圃場の中心に持っていくのだろう。つまるところ、それがロボットの任務だからな。《ボクリル》をすべて寸断してしまうのも時間の問題だ」

「しかし、われわれはアルマディストなのですよ!」

「あれはエネルギー圃場でのみ活動するロボットです」技師のカルサナル・ズーが会話に割りこんできた。「つまり、その特殊任務だけをプログラミングされているということ」

ルドがタンクの副エアロックに姿を見せた。ひどく興奮している。一刻も早く難破船から出ようとし、あわてて《バジス》のほうへ飛びおりた。そこにアルマダ作業工が四体、近づいてきた。

「ルド!」アンは思わず大声をあげた。「動くな!」

聞こえなかったとみえ、操縦士は速度をあげた。真空に一瞬、靄《もや》のようなものが生じ、すぐに消える。ルドはつむじ風にあったようにあちこち揺さぶられ、それを即座にアルマダ作業工がとりかこんだ。どうやら、このロボットはエネルギー圃場でスムーズに動けるようにつくられているらしい。ということは、重力中心を自分たちの目的のために使えるわけだ。

ロボットはルドを捕まえると、両手両足をひとまとめにし、丸太を運ぶように前に押していった。

「とりもどしてこい！」アンは命じた。

だが、だれも動かない。アンはやり場のない憤《いきどお》りをおぼえた。同胞たちの心情はわかる。アルマダ作業工にはどうしても武器を向けられないのだ。あのロボットは何世代にもわたる自分たちの協力者なのだと、理性が告げている。理性に逆らうことなど、アルマディストにはできない。

四体のアルマダ作業工はルドを連れたまま《ボクリル》のタンクの下に消えた。そこでは艦の残骸片を運びだしているようだ。手に入るものはすべて、自分たちだけにわかる基準にしたがって分類し、エネルギー圃場の中心にあるブラックホールの決められた場所にほうりこむのだろう。

アンはホルスターから銃を抜いたものの、ふたたびしまった。

ルドは《ボクリル》を出たあと、ひと言もしゃべらなかった。アルマダ作業工がきたときには、すでに死んでいたのだろう。おそらく宇宙服に亀裂が生じて……

「《ボクリル》はもうおしまいだ」アンは乗員たちに告げた。「旗艦なしでこの場を切り抜けなければならない。つまり、べつの船が必要になる」

金属表面に向かって下降し、その場でひとまわりすると、周囲すべてをつつみこむよ

うなじぐさをして、

「ここにある、この船が！」と、息をはずませる。

この船に関してアンが知っているのは、エリック・ウェイデンバーンから聞いた話と探知データの内容だけだ。あいにく全乗員数もわからない。とはいえ、その大きさから判断するに、二千五百名そこそこのシグリド人よりははるかに多いだろう。その二千五百名を、アンは《ボクリル》にあいた大きな穴から連れだした。穴は二度の爆破時でなく衝突のさいに生じたもので、宙航士半ダースがゆうに出入りできるほど大きかった。

その巨大な開口部を通り抜けながら、アンは最後にもう一度、自分の艦を見つめた。いつの日かここで死ぬのだろうと心のなかでは思っていたが、まさかこんな状況になるとは。数体のアルマダ作業工が視界をよぎる。どのロボットもシグリド艦の残骸を運んでいる。

アンは視線を無理にもぎはなし、あらたな環境へとおもむいた。

かれらがいまいるのは、まちがいなく格納庫だ。ロケット形の飛行物体が六機、支持架に固定されている。奥のほうに二カ所、閉まっているハッチが見えた。ホールの照明は明るい。光源は天井に数カ所あり、床にも投光照明が連なる。明らかに、搭載艇のスタートおよび着陸の目印となるマーキングだ。

異宙航士の姿も、修理ロボットも見えない。テラナーたちは引きこもっているか、まだかたづけ作業に着手していないのだろう。

シグリド人たちは格納庫内に分散して二列にならんだ。そのあいだを通ってアンがホール中央まで進む。マシンの台座にあがると、同胞たちに視線を向け、語りかけた。

「われわれは難船者となった。わたしの知るかぎりだと、テラナーはそういう立場の者を尊重するはず。とはいえ、こちらを客として歓迎することは期待できない。そこで諸君に忠告する。注意をおこたらず、武器はつねに作動可能にしておくこと」

格納庫に、オプとその一行が最後に入ってきた。

「例の単独行動のテラナーですが、こちらに同行するつもりのようです」と、報告。

「かれにはかまうな」アンは答えた。「テラナーたち、われわれがこれほど早く船に侵入するとは思っていなかっただろう。行く手を阻《はば》むハッチを無理やり開ける前に、まず待つとしよう。もしかしたら、自由に出入りさせてもらえるかもしれない」

合理的な戦略があったわけではない。アンはただ、無限アルマダから援軍がやってきて、いったいなにが起きたのかはっきりするまでのあいだ、部下たちをできるだけ長くもちこたえさせたかった。

じつにささやかな目標であった。しかし、それすら達成がどれほどむずかしいか、アンは次の瞬間に知ることになる。二カ所のハッチが開いて、テラ製ロボットが格納庫に入ってきたのだ。

ただひとつのなぐさめは、これらのマシンが《バジス》乗員の安全を考えて、すぐには砲火を開かないだろうということだった。

7

「〝青瓢簞《あおびょうたん》〟がシグリド人についていった！」

ウェイロン・ジャヴィアがはからずもそういったことで、転送障害者にあらたな呼び名がつけられた。マスクの男と呼ばれていたアラスカ・シェーデレーアは、今後テラナー宇宙航士たちから〝青瓢簞〟とあだ名されるのだろう。ローダンは不愉快そうに眉根をよせたが、しかたあるまい。

「アラスカはついにカピンの断片とおさらばしたのだな」と、ローダン。「われわれもよろこぶべきだ。時間ができたら、かれの話を聞いてみよう。あの組織塊がなぜとれたのか、カルフェシュなら説明できるんじゃないか」

「いや、まったく予想外だった」と、司令室にいたソルゴル人が答える。「正確なことはアラスカに訊いてみないとわからない」

「船団コードで通信が入りました！」ハミラー・チューブの声が割りこんだ。「かなりひずんでいますが、カラック船《ラムダ》だと思われます。そうとう遠い宙域にいるか、非常に強い妨害フィールドがあるようです」

タウレクの見たところ、司令室はますます騒然としてきた。ローダンがシグリド人をただちに船から追いだせと命じるのではないかと思ったが、いまのところはそうなっていない。ただ、被害を受けた格納庫を封鎖すべく、ロボットと要員を派遣しただけだ。

「《ラムダ》か！」ジェン・サリクが大声を出す。「ということは、すくなくとも一隻、銀河系船団のほかの船がM‐82にやってきたわけですね」

ローダンはそれには応えず、ジャヴィアのほうを向いて、

「カラック船と通信コンタクトをとってもらいたい」

「この状況でですか？」ジャヴィアは疑うように顔をしかめ、「《ラムダ》じたいが混乱のきわみにあると思いますが」

「受信内容は、ハミラー？」ローダンが船載計算脳にたずねる。

「とりたてて意味のあるものではありません。《ラムダ》の乗員たちは方向を定めることができず、僚艦船を探しています。それ以上のことはわかりませんでした。接続が切れてしまったので」

「《ラムダ》はなぜ、われわれからそれほど遠くで実体化したのだろう？」ダントンが不思議そうにいう。

タウレクのなかにある疑念が生まれたが、テラナーたちを不安にさせたくないのでロ

にはしなかった。かれらも早晩、似たような結論にいたるだろう。

「これからは、いままでよりも通信をとらえられるはず」と、ローダン。「もしかしたら、ほかの艦船も近くにいるかもしれない」

《バジス》は相いかわらずブラックホールに引きよせられている。メタグラヴ・エンジンが修復できないかぎり、危機的状況はそのままだ。

「なぜ、カラック船はそれほどはなれたところに実体化したのか？」ダントンがしつこく質問をくりかえした。「つまり、銀河系船団の全艦船がＭ－８２にいるということでは？」

ローダンの息子は正しいシュプールを追っている、と、タウレクは思った。すくなくとも、自分と似た答えを導きだしそうだ。

その場にいる者たちの当惑した顔を見れば、かれらのひそかな危惧をロワが口にしたのだということがわかる。

ローダンがシートから立ちあがった。目のはしでスクリーンをちらりと見て、

「グッキーにラス、準備してくれ。危急のさいはアラスカを連れて帰るのだ。シグリド人がとどまらないようなら、力ずくで《バジス》から追いだすしかない。話し合いによってかれらの行動理由が明らかにならないかぎり、船に迎え入れることはできん」

そういうと、コンソールにある大きな発光テーブルのところへ行った。Ｍ－８２銀河

の三次元映像がうつしだされている。どこまでもひろがる宇宙の荒野だ。星々の集まりはわずかしかなく、かき乱されたように見える。

この想像を絶する宇宙のカタストロフィを、ローダンはさししめした。千百五十万年以上もの昔、M‐82でなにがあったのか、船内のだれも知らない。それでも、セト＝アポフィスの行動となにか関係があるのだろうとは推測している。

「銀河系船団の全艦船がM‐82に到達したと、わたしも考えている」ローダンは冷静にいった。「ずいぶん前にそうではないかと予感したのだが、《ラムダ》の通信を受領したことで確実になった」

要員たちの顔にあらわれた当惑が驚愕の域にまで強まったのを、タウレクは見た。サンドラ・ブゲアクリスがあわてた動きをする。

「それはつまり、どういうことです？」

「フロストルービンを抜けていく〝無抵抗の道〟は、われわれが思い描いていたとおりのものではなかった」ローダンは説明をはじめた。「銀河系船団はM‐82に着いたものの、各艦船がまったく異なるポジションに実体化してしまった。そのため、たがいに遠くはなれたのだろう」

タウレクの推測も寸分たがわず同じだった！

ローダンは片手をひろげ、つづけた。

「フロストルービンはわれわれを、M‐82のなかに紙吹雪《かみふぶき》のようにまきちらしたのだ。こちらを追ってきた無限アルマダの一部も同じ目にあったにちがいない」

ロワ・ダントンが大きく嘆息し、

「父上の推測がはずれているよう祈ります」と、応じる。「万一それが正しければ、われわれはM‐82で無限アルマダのまっただなかに入りこんだことになりますよ」

ここでタウレクはコメントする義務を感じ、口を開いた。

「ローダンのいうとおりだと思う」

サンドラ・ブゲアクリスの咳ばらいが響きわたる。厳格な印象をあたえるこの女性がおちつこうと必死になっているところを、タウレクははじめて目撃した。

「その〝紙吹雪現象〟が本当なら」と、サンドラが単調な声でいう。「わたしたち、かつてない状況におかれたということ。無限アルマダのなかにいて、どうやって状況を把握するんです？　どうやってほかの艦船とコンタクトすればいいのですか？　ここはまさに宇宙の迷宮ですよ」

沈黙がおりた。司令室にいる男女のほとんどは、サンドラがいったことをいまようやく理解しはじめたにちがいない。出来ごとの影響をすべて把握したなら、かなりのショックを受けるだろう、と、タウレクは思った。

おのれの運命については、さして動揺していない。ここですべてが袋小路に入るのなら、どうしてコスモクラートはわたしのことであれほどたいへんな苦労をしたのか、と、自問はしたが。

おまけにこれは宇宙規模の袋小路だ。まさしくサンドラがいったとおり。

「シグリド人の行動がいま理解できましたよ」沈黙を破ったのはジャヴィアだ。「われわれ同様、かれらも困惑している。無限アルマダのいたるところで困惑が支配しているでしょう。だからこそ、アルマダ中枢もなにもいえないのでは」

「この状況でいまだにシグリド人や、M-82にきたほかのアルマディストと戦闘になっていないのは、よろこぶべきことだ」ローダンは安堵したようにいう。「なんとしてもシグリド人とコンタクトしなければ。そうすることでしか、ここから脱出できない」

「セト＝アポフィスのことを忘れています！」ロワ・ダントンが警告した。「いまのところ動きはないが、ここはあの超越知性体が直接的に支配している宙域。われわれ、さらなる危険を覚悟しなければなりません」

ローダンは自席にもどり、シェーデレーアに通信をつないだ。司令室で話し合った推論について手みじかに説明する。

「いますぐシグリド人とコンタクトを成立させるのだ。必要なら応援部隊を送るが」

「それは相手の誤解を招くだけです、ペリー。わたしにやらせてください。もし失敗したら、司令室から介入をお願いします」

「わかった」ローダンは承諾し、シートにもたれた。「ところで、いま外側観察スクリーンを見たのだが、アルマダ作業工が《ボクリル》の残骸を分解しはじめたようだ。次は《バジス》の番ではないかと危惧している。あのロボットをなんとかしなければ。シグリド人たちの反応を、あらかじめ知らせてもらえるとありがたい」

アラスカは急いで行動すると約束した。

＊

格納庫は充分なひろさがあるのだが、二千五百名近くもシグリド人がいれば超満員となる。アラスカは思わず息苦しさを感じ、状況の異常さをしだいに意識しはじめた。これほど優勢な相手を前に、こちらはたったひとりなのだ。

とはいえ、この状況だからこそ、攻撃されることはまずないだろう。

「オプ」と、早口で話しかける。「わたしがそちらの司令官と会談するまで、船内に侵入するのは待ってくれ。今後の共同作業に深刻な影響をおよぼすような行為は、なんとしてもやめてもらいたい」

言葉が意味どおりに伝わるよう話したつもりだ。そう聞こえたならいいのだが。ペリーの推測が正しいとすれば、シグリド人たちもまた苦境にあるはず。

淡褐色の防護服につつまれた巨漢たちが整列するなかに、人垣ができた。その隙間を通り、アラスカは格納庫内に入っていく。

背の高いシグリド人がひとり、近づいてきた。

「わたしはジェルシゲール・アン、アルマダ第一七六部隊の司令官だ。この船の使用権を要求する。幹部要員はただちに船を動かし、エネルギー圃場の宙域から脱出せよ」

「この男がわれわれの捕虜であることは、本人には説明しました」ターツァレル・オプが割りこむ。

「こんなやり方ではどうにもならない、アン司令官」アラスカは反論した。「シグリド人が高い知性を持つことはわれわれも知っている。道義にかなった要求をするはずだ。こちらとそちらと、双方の立場を考慮しようではないか」

アンはなにかを振りはらおうとするように、からだを揺さぶった。ヘルメットは透明になっていたので、その奥にあるくぼんだ聡明そうな目が見えた。

「そちらの立場とは?」と、アン。

「われわれがここにきたのは、ほかに手段がなかったからだ。無限アルマダに脅威を感じてもいた」アラスカは事実に即して説明した。「それでフロストルービンを抜けたのだが、まさか無限アルマダが追ってくるとは思わなかった。ここはテラナーがM－82と呼んでいる銀河で、われらが強大な敵の本拠地でもある。こちらはいま、僚艦船と連絡がとれない状況だ。はてしなくひろがる無限アルマダのどまんなかにいるのではないかと危惧している」

この〝演説〟がシグリド人たちに押しつけがましく受けとられないことを願った。自分の状況判断がまちがっておらず、シグリド人も同じように判断するかどうか、そこにすべてがかかっている。

アンの反応はアラスカにとってまったく判断できないものだったが、それでも突きつめて考えこんでいるように見えた。しばらくして、相手はこういった。

「われわれのほうは、ほかのアルマダ部隊に救助要請することができる！」

「それが事実なら、とっくにそうしているはず！ ヘルメット・テレカムでは出力が弱すぎて通信できないのだろう」

アンは一歩うしろにさがった。アラスカの全身をあらためて視界にとらえようとするかのように。

「そうだ」と、しぶしぶ認めた。「《ボクリル》はそちらの船と衝突し、もう使えない。いまいるこの場所はエネルギー圃場だ。ここで作業する特殊ロボットは明らかに、われわれをアルマディストだと認識できない」

エネルギー圃場がなんなのかを、アンは数分かけてアラスカに説明した。アラスカはその情報をペリー・ローダンに伝えるため、すこし時間をくれと要求。アンはこれを承諾した。

ふたたび会話のつづきになり、シグリド人司令官がいった。

「このブラックホールはすべてをのみこみ、それをエネルギーに転換するのだ。アルマダ作業工が不要と判断したものが材料となる。きみたちも早くここから脱出しないと、船があぶない」

メタグラヴ・エンジンが損傷してスタートできないことを告げるべきかどうか、アラスカは考えた。しかし、告げればこちらの立場が弱くなる。シグリド人にはテラナーが助力を申しでているのだと思わせておくのがいい。そのほうが、この偉丈夫も心おだやかになるにちがいない。

「アルマダ中枢はなにもいってこない」アンはつづけて、「それに、どのアルマダ種族がこの宙域を管理しているのかもわからない。ここではわれわれも、きみたちと同じく異人あつかいというわけだ」

かれはヘルメットの上方に浮かぶアルマダ炎を指さし、明らかに皮肉な調子を漂わせる声でつけくわえた。

「これがあるから、まだきみたちよりましだが……決定的瞬間がくれば、これがものをいうからな」

シグリド人のいう〝決定的瞬間〟とは、ほかのアルマディストがここにきた場合のことだろう。そのときはアルマダ炎が〝証明書〟の役目をするわけだ。

アラスカはもうひと押ししてみることにした。

「シグリド人の乗船を一時的に許可してもいい」と、提案する。「ただし、こちらの船内規則にしたがってもらうが」

ところが、アンはアラスカが思っていたよりずっと抜け目なく、先を見通す力を持っていた。こう答えたのである。

《バジス》が脱出できるはずはない。エネルギー圃場に捕まっているのだから。われわれの協力がなければおしまいだ。こちらにはグーン・エネルギーに関する知識と経験が、そちらには船があるということ」

アラスカは嘆息し、ふたたびローダンに通信をつなぐ。

「なかなか手ごわい相手です」と、司令室に報告。「こちらの状況を値踏みして、相場を大きく張ってきました」

「では、客として迎えると伝えろ」

アラスカは歯嚙みしながら、この指示にしたがった。ペリーの決定はあまりに安易だ。もし、かれがわたしの立場でシグリド人を相手に話し合い、その決然とした態度を見ていたなら、ちがう結論を出したはず。

とりわけこの、二メートルをこえる完全武装の巨人たちを目の前にしたなら……

8　幕間劇　その二

奇妙なぶあついグレイの靄におおわれたその場所は、人間の目には惑星に見えない。それでも広義においては〝世界〟と名づけられよう。

この不気味な場所には、本来の意味での光は存在しない。はてしなくつづくグレイの靄に吸いこまれてしまうからだ。どれほど強烈な恒星光でさえ、この陰気な環境をつらぬいて射しこむことはできない。

それでも、いまは夜ではなかった。

薄闇があたりを支配し、空気はそよとも動かない。もし、ここに知性を持つ生き物がいたなら、どんなに用心したとしても前に進むのをためらってしまうだろう。

暗くも明るくもないこの靄は精神プラズマでできており、セト＝アポフィスの拠点にあたる。数百年も前のこと、〝挫折者〟は、自分のおかれた状況を克服したのちにこれをつくりあげたのだ。

ぶあついグレイの靄に似た拠点の奥深くには、挫折者セト＝アポフィスの〝核〟がある。

超越知性体はこの拠点から、おのれの勢力範囲に属する多くの種族の運命を操り、強力なプシオン性ジェット流を使って知性体の意識を本人が気づかぬままに乗っ取る。ポルレイターの封印からフロストルービンという恐るべき武器を解放してふたたび手にしようと、戦いを挑んでいるのだ。

だが、その主たる目標は、物質の窪地に退化するのを避けることであり、物質の泉の彼岸に到達することであった。

そしていつの日かコスモクラートに進化したいという欲望が、超越知性体を完全に支配していた。すべての行動はそのためのものだ。したがって、人間の価値判断でいう

〝モラル〟や〝プライド〟といった概念は持たない。

いまいる場所は百パーセント安全である。本来の拠点はつねに新しくつくりなおされるので、けっして危険がおよぶことはない。〝意識貯蔵庫〟がどれほどはげしい攻撃を受けたとしても、もちこたえられる。

これまで奪い集めてきた、知性体の意識片からなる総体……それこそがセト＝アポフィスなのだ。だが、核の部分はいまも挫折者であった。

敵の圧力がしだいに強まっているのがわかる。〝それ〟は自分が統《す》べる力の集合体の中心部に後退し、ひそかに補助種族や支援者を戦いの場に派遣した。コスモクラートを

先頭とする秩序の勢力はけっして倦《う》むことなく、つねにあらたな策士をセト＝アポフィスの本拠地に送ってきた。

ポルレイター、UFO乗員、深淵の騎士、テラナー、無限アルマダ、クランドホル公国……

誇り高き敵方のリストはまだまだつづく。

それでも、これはいまはじまった状況ではない。ある段階にまで進化してから、ずっと対峙《たいじ》してきたことだ。勝利に近づいたと思う瞬間もあったのだが、いままたセト＝アポフィスは存在を脅かされていた。

つい最近も、フロストルービンの封印を解こうとして手痛い反撃を食らうことになったもの。それでも全体の状況に関していうと、楽観している。

そのうち相手方にあらたな恐るべき敵が登場するだろうと見越しているからだ。そうなれば、秩序の勢力は戦力を二分せざるをえない。くわえてセト＝アポフィスのほうも、隣接する力の集合体に手を伸ばし、あらたな工作員を精力的に集めるつもりでいる。プシオン性ジェット流に免疫を持つ生命体も多いが、いずれ解決方法が見つかるだろう。

そうなったら、これまでに例のない規模の強奪行為が可能になる。何百万という生命体がおのれの支配下に入るわけだ。

フロストルービンについていうと、すべての意識片をそこに持ってきて、どんな形態でどれくらいの規模が必要かに応じて保管できている。このメンタル保管所は、比喩的な意味でセト＝アポフィスの〝肉体〟にあたるものだ。そのアナロジーにしたがえば、混沌としたグレイの靄のなかにいる挫折者自身は〝魂〟ということになる。セト＝アポフィスはときおり数百万の意識をひろく解放し、宇宙空間の奥まで耳をすます。あちこちでくりひろげられる出来ごとについて、できるだけ多くを知りたいからだ。そうしておいて、狙った個体に扇状放射でプシオン性ジェット流をはなつ。情報を得るのが目的なので、高密度に集束はしない。

この物語が展開しているときも、セト＝アポフィスは緊張して耳をすましている最中だった。感覚を外に向け、重大ニュースを期待して、文字どおりからだを震わせていた。フロストルービン内でのなりゆきには、とりわけ注意をはらわなければならない。最初はふたりだけだったが、いまではますます多くの敵が自転する虚無に侵入している。非常に憂慮すべき事態だ。しかし、今回もまたおさめることができるだろう。

セト＝アポフィスは待ちかまえる。そこへ、突然の不運が襲ってきた……

＊

多重意識存在のなかで、数百万の意識が姿をあらわしはじめた。最初は遠くから響いてくるコーラスのように感じたが、そのインパルスがすぐ近く……〝セトデポ〟からくると気づいたときには、すでに遅かった。

心がまえをし、遠くへ解放した意識をもとどおりに閉じようとしたが、その前にメンタル性の大波が襲いかかってきた。

テラナーがM‐82と呼ぶセトデポで、わずかのあいだに何十億という意識が実体化し、干渉してきたのだ。それは、ふたつの大きな部隊と、とてつもない規模の一巨大艦隊に属する、無数の宙航士たちの思考と感情であった。すなわち、銀河系船団、クランドホル公国艦隊、無限アルマダである。

意図した攻撃ではなかった。もしそうなら、セト＝アポフィスも準備できただろう。というわけで、超越知性体は思いもよらぬメンタル攻撃を受けることになった。そのショックに対して、本能的な防御反応でしか太刀《たち》打ちできなかった。

意識封鎖したのである。

人間にたとえれば、失神したということ。

セト＝アポフィスはこうしておのれの存在を守ったわけだが、おかげで長いあいだ行動不能となった。

その拠点がある場所は、つねにもまして不気味な雰囲気を漂わせていた。

9

トリイクル9を発見するまで、ジェルシゲール・アンの生涯はしずかなものだった。かつてアルマダ第一七六部隊の司令官をつとめた多くの者と同じような運命をたどるのだと思っていた。

ところが、突然すべてが変わった。そしていま、すこし前には不可能だと思ったことをしようとしている。不運にも、アルマディストでない異人の庇護下に入ろうというのだから。おまけに、どう見てもトリイクル9の悪用に関係していそうな異人だ。

とはいえ、疑問符のつく理念を追求しようと必死になるより、シグリド人の部下二千五百名の命のほうが、アンにとってはだいじだった。この決断が正しかったと、いずれ歴史が評価してくれることを祈ろう。

この冒険行が終わったあとも、まだ歴史が存在するならの話だが！

アンは案じていた。わたしは自分と同胞の命を救ったのでなく、ただ死の瞬間を引きのばしただけではないのか。エネルギー圃場でテラ船が破壊されることだって、おおいに考えられる……

アラスカ・シェーデレーアの声がして、アンの物思いは破られた。

「宿舎と食糧の説明をする前に、さしせまった問題について話し合っておきたい」と、テラナー側の交渉人がいう。「シグリド人がエネルギー圃場と呼ぶこの宙域に関して、すべてを知りたいのだ」

「教えすぎてはなりません!」ターツァレル・オプが警告してきた。

だが、情報をあたえたからといって害にはなるまい。アンはそう判断し、「無限アルマダには種族の枠をこえてすべてに共通する技術が存在し、その裁量はアルマダ中枢にまかされている」と、説明をはじめた。「もちろん、アルマディストならだれでも使用することはできるが、それに関する知識を持つのはアルマダ中枢のみ。まずあげられるのは、グーン・ブロックに使われるグーン・エネルギー、アルマダ作業工、睡眠ブイといったところだ」

〝アルマダ工兵〟にも触れようかと考えたものの、やめておく。アルマダ工兵はこうした共通技術の製造を担当する非常に重要な存在だが、表に出てこないし危険な種族らしく、アン自身もよく知らないのだ。これまで話題にのぼったこともないため、評価のしようがなかった。

「われわれの問題はグーン・エネルギーがあれば解決するわけではない」と、つづける。

「そのグーン・エネルギーがわれわれをここにとめおいているのだから。エネルギー圃場で活動している特殊ロボットを見ればわかるとおり、必要な知識さえあれば動けるのだが」

シェーデレーアは上司と相談したのち、こういった。

「ペリー・ローダンがいうには、わたしとともに《バジス》司令室にきてもらいたいとのことだ。そこでなら、あなたの説明を聞いて、どう行動すべきかすぐに決定できる」

交渉人はその言葉で、テラナーもまた大きな問題をかかえていると間接的に認めたわけだ。べつの場合であれば、アンはこれをおもしろがったことだろう。しかし、いまはたがいの運命があまりに密接に結びついているため、皮肉な感情が生まれるきっかけすらない。

「いつでも司令室に同行しよう。そのあいだ、わが部下たちはどうなるのか？」

「被害のなかった倉庫と格納庫に案内する」シェーデレーアは答えた。「理性的に考えればわかると思うが、とりあえずいまはテラナーとなるべく接触しないほうがいい。誤解が生じかねないから」

つまり、シグリド人は《バジス》で隔離状態におかれるしかないわけだ。

とりあえずいまは！　アンは自分でそう訂正し、

「了解した」と、応じる。「オプが仲間と話し合い、理性的な対応に持っていくだろう」

シグリド人たちのほうを向き、かんたんに話をする。自分がテラナーの善意を信じていること、おちついた態度をとることをきっぱり告げ、同胞にも同じく冷静さをもとめた。

「信じているといっても、司令官がこの場からいなくなれば、実際どうなるかわからないではないですか」オプが暗い声でいう。

融通のきかない男だ、と、アンは思った。本当に自分を心配してくれているのか、それともおのれの利益だけを考えているのか。

「すぐにもどる。ヘルメット・テレカムはつねにつないでおくから」と、約束した。ぐずぐずしていたら、それだけ仲間たちの不安が大きくなる。アンは決然とテラナーのほうを向き、ハッチをさししめした。

「行こう」

宇宙船内の勝手はわかっているし、《バジス》の船内重力は《ボクリル》をわずかに下まわる程度だ。アンはこの未知環境のなかでもかなり自信を持って動けると感じた。それに自分はたいていのテラナーより背が高い。そのことが優越感をあたえてくれた。

＊

シグリド人司令官とともに《バジス》司令室に入ったとき、アラスカ・シェーデレーアはまたあの奇妙な感覚をおぼえた。カピン断片が消えたあと、すでに二回、同じようなむずむずした感じが体内をはしったもの。

だが、今回は不快感をともなっている。

思わず立ちどまった。アラスカの不調に気づいた者はいないようだ。淡褐色の防護服を着用した異星人が全員の注意を集めたから。

アンは堂々たる偉丈夫だ。慎重な物腰がその印象を強めている。

アラスカは不快感をこらえた。前進するにつれ、その感覚は生じたときと同じく急速に消えていった。

ペリー・ローダンはシグリド人司令官に挨拶し、ほかの乗員数人を紹介した。グッキーとフェルマー・ロイドは後方にひかえているが、アンの思考を探っているのがアラスカにはわかった。お客に対して無礼な態度ではあるものの、《バジス》を救うのに役だつ情報を得るためには、手段を選んでいられない。

「まずは、われわれのだれも《バジス》と《ボクリル》の衝突に責任がないことを前提として話を進めたい」みじかい挨拶のあと、ローダンがいった。「二隻はフロストルービンの別々の場所にいて、それぞれ説明のつかない重力現象に遭遇した。で、フロストルービンが二隻をふたたびM－82で出会わせたのだ。非常にドラマティックな状況で

「どちらにも罪がないという点はわたしも了解している」アンは威厳ある口調で応じた。

シグリド人司令官の態度は理性に導かれたものだと、アラスカは確信した。この種族についてこれまでに知ったことによれば、シグリド人というのはどんな争いも受けて立つらしいから。

アンは《ボクリル》の状態を説明し、旗艦を最終的に捨てるにいたった理由を話した。

「エネルギー圃場で作業するアルマダ作業工がすべて完全に分解し、中心部のブラックホールにほうりこむだろう」と、締めくくる。

ローダンは戦闘ロボット数千体を出動させ、アルマダ作業工を追いはらうか、せめて動きを封じるように命じた。テラ製ロボットの駆動装置はブラックホールの強い影響下にあるため、実現性の低い命令ではあるが。いくら数が多くても、条件は不利だ。

「場合によっては船載兵器を投入してもいい」と、ローダン。

かれのもとめで、ウェイロン・ジャヴィアとレス・ツェロンが《バジス》の状況を説明する。アンは途中でさえぎらずに注意深く耳をかたむけたのち、こういった。

「そちらのいうメタグラヴ・エンジンだが、実際に故障したわけではないと思う。グーン・エネルギーの影響下にあるだけで」

これはアラスカにも納得できる気がした。だからといって、そこからなにか解決策が生まれるのだろうか。

「われわれはすべての駆動装置にグーン・ブロックを使っている」アンはつづけた。「《バジス》にもためしてみてはどうか？　機能するグーン・ブロックが《ボクリル》にあと二機ある……アルマダ作業工が分解していなければの話だが。一機はまだタンクのシャフトにつながっているし、もう一機はどこか残骸のあいだを漂っているはず」

サンドラ・ブゲアクリスが感心したように口笛を吹いた。

「非現実的なアイデアだ」ジャヴィアは批判的に、「たとえわれわれがグーン・ブロックを操作できるとしても、いったいどこにドッキングすればいい？」

いつものごとく、ローダンに決定がゆだねられる。ペリーはきっとアンの提案に賛成するだろう、と、アラスカは思った。《バジス》は相いかわらず重力中心に引きよせられている。メタグラヴ・エンジンは機能せず、専門家とハミラー・チューブがいくら必死に探しても故障個所は見つからない。

「船載計算脳に問い合わせてみたい」ローダンは巨漢の異人に向きなおると、「いまはもう全情報を入手しただろうから、なにか理解できたことがあるかもしれない」

テラの計算脳が持つ理解能力について、アンはコメントしなかった。シグリド艦のコンピュータと似たりよったりだろうと思っているのかもしれない。

「わたしはずっと考えていました」と、ハミラー・チューブ。「われわれはいわゆるエネルギー圃場で身動きがとれないのに、なぜ空《から》の、あるいは充塡ずみのグーン・ブロックとアルマダ作業工は動けるのかと。グーン・エネルギーというのは未知のファクターですが、いかなる手段を用いてもグーン・ブロックを一機または二機、ドッキングすべきです。場所はどこでもかまいません」

「引力が強すぎる」ジャヴィアが異議を唱える。「グーン・ブロックに接近してそれを持ってこられるような手段は、われわれにはない」

「いや、ある！」タウレクが叫んだ。「ひとつ手段があるぞ！」

＊

ジェルシゲール・アンの目前でテラ船のスクリーンにくりひろげられたのは、どんな楽観主義者でも失望してしまう光景だった。出動した戦闘ロボットにアルマダ作業工数体が近づき、武器で破壊すると、その残骸を集めはじめたのだ。《バジス》のロボットは高重力の影響を受けて、目標を見失ったようによろめいていた。

ペリー・ローダンは《バジス》の船載兵器でアルマダ作業工を攻撃するという命令を撤回した。そんなことをしてもカタストロフィ到来が早まるだけだと思ったのだろう。

アンは礼儀として、テラのロボット部隊の体《てい》たらくについていっさいコメントしなかった。テラナーたちがみずから口にするだろうから。内心では、この結果に関してふたつの感情が交錯している。アルマダ技術を誇らしく思う気持ちと、狼狽《ろうばい》の念と。

「《シゼル》の出番だ！」タウレクがいった。

アンの判断するところ、かれはテラナーではない。外見はそう見えるが。着用している服がちがうという理由だけでなく、なにか特別な雰囲気を発散しているのだ。多くの苦難を経験し、それでも非常な自信に満ちあふれている男だと、アンは本能的に感じた。

さらに、この男には不可視の力強いオーラがある。

「《シゼル》の出動を許可する」ローダンは宣言した。「タウレク、アン司令官とアラスカを同行してスタートしてくれ。司令官の了承が得られればだが」

わたしの勇気に訴えているのだ。アンはそう感じ、すぐに承諾した。通信でオプに報告し、予定より長く待たせることになると告げる。

オプは不満げな声をもらし、

「罠かもしれませんよ」

「あるいはな」と、アン。「だが、もうこれしかチャンスがないのだ。テラナーもそれはわかっていると思う」

「時間がありません」ハミラー・チューブの声だ。「《バジス》がますます落下速度を増しています」

「急がないと」ローダンは一瞬考えたのち、肌の黒い男とちいさな毛皮生物に合図して、

「このふたりが格納庫に連れていく、アン。恐がる必要はない」

毛皮生物は黒いつぶらな目で相手を見あげると、生意気な口調でいった。

「いまから究極の移動手段ってのを見せてやるよ、泡だらけの友。極秘事項だけどね」

「もう知っている」アンはできるだけ無関心をよそおい、「きみはテレポーテーションの得意なグッキーだろう」

「そんなことだと思った。あのエリック・ウェイデンバーンってやつは……」

「もういい！」ローダンがさえぎる。「さっさと行け！」

ラス・ツバイがアラスカ・シェーデレーアとタウレクのあいだに歩みよった。グッキーはアンのほうに腕を伸ばし、

「さ、手を握るぜ」と、声をかける。手袋をしたアンの手は大きくごつい。それを見たグッキーは小声でつけくわえた。「もとい、あんたがぼくの手を握ってよ！」

テレポーターの手に触れたとたん、目の前から景色が消えた。覚悟はしていたが、それでもアンは慣れない転送痛にびっくりして全身が硬直してしまう。だが、それをじっくり考える間もなく、《バジス》の格納庫前に立っていた。タウレクが奇妙なパイプ形マシンを指さした。プラットフォームのようなものが中央についている。

「《シゼル》だ」と、タウレク。「これに身をまかせようという気になるかね？」

ラス・ツバイとあとのふたりはすでに到着している。

アンはまだテレポーテーションのなごりで目眩《めまい》をおぼえていたが、おちつきはらって答えた。そうでなくてはアルマダ第一七六部隊の司令官などつとまらない。

「きみがこれで飛べるのなら、わたしにだってできる」

＊

《バジス》の格納庫エアロックから宇宙空間に出たとたん、《シゼル》はブラックホールの影響範囲に入った。飛び立つというより、揺られてよろめいている状態だ。これをあらかじめ予測していたアラスカ・シェーデレーアは、操縦ピラミッドにしがみついた。

シグリド人は脚を大きく開いてバランスをとっている。機器の操作はタウレクだ。三名がいるプラットフォームの上方には透明ドームがあり、深紅に輝く防御バリアがはられていた。タウレクによると、破壊不能だという。

やがて振動がやみ、速度を増した《シゼル》は《バジス》から遠ざかった。タウレクは満足そうに笑みを浮かべた。自分の乗り物を疑ったことはないらしい。

機は《ボクリル》の残骸のそばを通過した。アルマダ作業工が数百体も群がっている。破片がいくつもの破片に分解されるのを見て、アンはひそかなうめき声をもらした。破片はそれぞれロボットが好き勝手な軌道で運んでいる。グーン・ブロックのついたシャフトはすでにタンクから分離され、宇宙空間を漂っていた。グレイのエナメルを塗ったようなアルマダ作業工が、シャフトからブロックをとりはずす作業をしている。エンジン装置じたいに損傷はないようだ。

グーン・ブロックは四百メートル×四百メートル×二百メートルの箱形で、《シゼル》と比較するとかなりの大きさに見える。

タウレクは機を大きく迂回させ、グーン・ブロックのついたシャフトに向かった。数体のアルマダ作業工がそれに気づき、作業の手をとめる。あらたな残骸がきたと思ったのだろう。

「ここで発砲すればアルマダ牽引機が損傷するかもしれないな」アラスカはタウレクにいった。「それでも、あの箱に近づくには発砲するしかない」

タウレクはふたたび笑みを浮かべ、シャフトに接近した。アルマダ作業工の投光器が《シゼル》をとらえ、ドームの上に不気味な影がひろがる。タウレクは減速した。

アルマダ作業工が数体、追ってくる。

「おびきよせて追いはらうのさ」と、タウレク。

彼岸からきた男の作戦がアラスカにもわかった。

宇宙空間の未確認物体をよそおう《シゼル》に、アルマダ作業工が近づいてきた。この小型機に秘められた危険を予想だにせず。

ロボットが数百メートルの距離まで近づいたとき、タウレクは搭載兵器を発射。湧きたつ霧が雲となって宇宙空間を疾駆したように見えた。アルマダ作業工はつつみこまれたが、完全に見えなくなることはない。

〝霧〟につつまれたロボットがねじ曲げられていくのが、アラスカの目に入った。限界までねじれ、最後は破裂する。

この恐ろしい兵器が万一《バジス》に向けられたら、防御バリアで対処できるだろうか？　思わずアラスカはそう自問した。タウレクがこれを生命体に使うことにならないよう、祈るのみだ。

気がつくと、人が一見よさそうに見える赤毛のそばかす男は《シゼル》を方向転換させ、ふたたびシャフトに向かっていた。

だが、こんどはアルマダ作業工もトリックに引っかかることなく、発砲してくる。《シゼル》はエネルギー流の圧力にあい、軌道をはずれた。ドームの防御バリアが燃えあがり、飛翔パイプの両端に電光がはしる。放電が起きたのはわずか数秒だったが、アラスカは眩惑され、なにも見えなくなった。

タウレクはまっすぐシャフトをめざす。衝突コースだ。なにがあっても動じないように見えるアンでさえ、驚愕のあまり声をもらした。

タウレクはシャフトにそって、わずか数メートルの場所を突き進む。《シゼル》に向かってくるアルマダ作業工をすべて蹴ちらして。ロボットの武器アームが火を噴くが、タウレクのマシンを脅かすことはできず、エネルギー・バリアに衝突したのち、ばらばらになった。破片があたりに飛びちると、即座にべつのアルマダ作業工が例のごとくやってきて、壊れた仲間の残骸を処理しはじめた。皮肉な光景だ。

それでもアンはこういった。

「部隊のいたるところに存在する黒いアルマダ作業工に関しては、これほど簡単にいかないと思ったほうがいい、タウレク」

「たぶんそうだろうな」タウレクも同意した。

《シゼル》は巨大なグーン・ブロックのそばにきた。タウレクは軽く狙いを定めてビームを放射し、シャフトとブロックを切りはなすと、

「牽引ビームを使って《バジス》に運ぼうと思う」

「わたしなら、グーン・ブロックに乗りこんで飛行させるが」アンが提案した。

勇敢なシグリド人司令官がそんなふうにいえば、アラスカだったら信頼してしまっただろう。だが、ほっとしたことに、タウレクは否定した。

「重力の状況を考えると、それは無理だろう」〝ひとつ目〟がいう。「エネルギー圃場の威力はすごい。アルマダ作業工もいるのだから、操縦はできまい」

アンもそのとおりだと認めたらしく、タウレクの決定にしたがった。

牽引作業を開始する。こうしたやり方でアルマダ牽引機を運ぶなど、無限アルマダの歴史上、かつてなかったことだろう。いずれにせよ、ジェルシゲール・アンは心理的に影響を受けたにちがいない。種族の枠をこえて共通するアルマダ技術は比類なきものだと、これまで確信していたようだから。

アラスカたちは思っていたより早く《バジス》に到着。司令室のローダンやジャヴィアと通信連絡をとった。グレイのアルマダ作業工に妨害されることもなかった。

「ハミラー・チューブが照明でしめすセクターにグーン・ブロックを設置してくれ」ローダンが通信で知らせてくる。「とはいえ、それをどのように充填するかも、どうやってわれわれの目的にそった使い方をするかも、こちらは皆目わからんが」

「シグリド人が引き受けるはず」と、タウレク。「二機めのアルマダ牽引機を持ってきたらすぐ、アンとハミラー・チューブに共同作業してもらう」

「それは技師のズーほか専門家チームの役目だ」アンが説明した。「わたしにできるのはアルマダ牽引機の操縦だけだから」

《バジス》の表面には、大きな正方形の領域が照明されていた。船載ポジトロニクスが指示したグーン・ブロックの設置個所だ。タウレクはなんなくそこへ《シゼル》を進めると、箱形装置を注意深く設置した。

コスモクラートの使者はすこし神経質になっているようだ。

「エネルギー囲場の中心からくる引力の影響がしだいに強くなってきた」と、きっぱりいう。「急がないと、じきに《シゼル》にも危険がおよぶ」

《シゼル》はふたたび《バジス》をはなれ、《ボクリル》の残骸に向かった。アルマダ作業工が怒り狂って発砲してくる。タウレクは何度かかわした。機能するもう一機のグーン・ブロックは、ずいぶん前に《ボクリル》から切りはなされて遠ざかっている。

《シゼル》はグレイのロボット数十体を蹴ちらし、道を切り開いた。

アラスカの脚がむずむずしだしたのは、そのときだ。まるで氷水に浸かったような感じがした。ほかのふたりの注意がそれてはまずいと思い、黙っていたが、奇妙な感覚はしだいに強まっていく。肉体機能に問題が生じているらしい。

なにかの病気だろうか？

カピンの断片が消えた代償として、高いつけをはらわされるのか？

やがて、こんどもその感覚はおさまったが、不安はのこる。いつまた襲われるかわからないし、ますます程度がひどくなるかもしれない。《バジス》にもどったら医師と科学者に相談してみよう、と、決心した。

エネルギー圃場から抜けられたら、すぐに……

10

巨大なアルマダ牽引機のそばに《シゼル》の姿は見えない。それでも、その駆動力が二機のグーン・ブロックを操作して《バジス》に持ってきたのだ。

司令室のスクリーンでこの経過を追っていたペリー・ローダンは、緊張して作戦の終了を待ちかまえた。このあいだに、技師ズーの指揮のもと、数名のシグリド人が一機めのグーン・ブロックの着地場所に向かっている。《バジス》のメタグラヴ・エンジンとグーン・ブロックのあいだに、エネルギー・コンタクトを可及的すみやかに成立させるためだ。

《バジス》はすでにブラックホールに近づきすぎており、小型搭載艇では、いますぐ格納庫を出たとしても脱出できない。あと数分もすれば、大型艦でも二度と出られない限界にくるだろう。《バジス》の強力なメタグラヴ・エンジンと通常エンジンをもってしか、脱出することはできなくなる。それが機能するとしての話だが。

ハミラー・チューブの指示は簡潔で、あえて楽観的なコメントはしなかった。無限アルマダのグーン技術に関してほとんど知らないため、判断をくだす立場にないのだ。

ローダンはこの状況をすぐにも変えたいと思っていた。

そうこうするうち、アルマダ作業工が撤退をはじめた。《バジス》が確実にエネルギー圃場の餌《えさ》になると思いこんだか、あるいは、これ以上は踏みこめない境界のようなものがあるのだろう。

《ラムダ》はあれから音沙汰なしだ。銀河系船団のほかの艦船からも通信シグナルを受信できない。グッキーとフェルマー・ロイドはテラナー宙航士のメンタル・インパルスを追っているが、成果はなかった。

M-82じゅうに紙吹雪のようにまきちらされた銀河系船団の不吉なイメージがますます強くなる。フロストルービンを通過して逃走するはずが、致命的結末を迎えてしまった。こちらを追ってきた無限アルマダが同じジレンマにおちいったことは、なんのなぐさめにもならない。それどころか、銀河系の艦船が無限アルマダの巨大艦隊のあいだで身動きとれなくなったのだから、事態はより深刻だ。

《シゼル》が《バジス》表面に着陸した。二機めのグーン・ブロックは《バジス》外側の赤道環に横づけされる。

タウレクが通信連絡してきた。

「外にいては、わたしの小型機もあぶない。格納庫にもどる」

かれがこの出動を引き受けたことに感謝しつつも、ローダンはコスモクラートの使者に対する不信感をぬぐえずにいる。タウレクはもっとこちらに協力できるはずなのに、戦略的な理由からそうしないのではないか。あのそばかす男が《バジス》の指揮権を要求したことは、つねに頭にあった。ふたたび口にはしなくとも、かれがいるだけでそれを思いだしてしまう。

救助の手を惜しんでいると責めるのは不当かもしれない。だが、いずれにしてもタウレクは、これまで自分で認めている以上のことを知っているはず。

ゲシールとのあいだにも、なにか暗黙の了解があるらしい。くわしくは知らないが、彼女が変わったのはたしかだ。

そこでローダンの物思いは中断された。アンとタウレクとアラスカが司令室に入ってきたのだ。転送障害者の〝新しい〟顔にはまだ慣れることができない。アラスカはどうやら肉体の不調を感じているようだ。だが、いまはなにもしてやれなかった。

ジェルシゲール・アンはすぐに通信装置に向かい、ズーやほかのシグリド人専門家たちと話をした。

やがてハミラー・チューブが、

「異技術のエネルギーを導入した場合のリスクについて、お知らせしなければなりません」と、発言。「大爆発の恐れがあります。その場合、メタグラヴ・エンジンが本当に故障してしまい、修理も不可能になるでしょう」

「リスクを突き合わせて比較考量すればいいではないか、ブリキ箱」ウェイロン・ジャヴィアが応じる。「どうやれば、いちばんチャンスがあるのだ？」

「それは徹底的に調査しないとわかりません」ハミラーの答えだ。

ローダンはこみあげる怒りをおさえた。コンピュータ相手に感情を爆発させたところで、しかたない。たとえこの機械のなかに、とうの昔に死んだテラナー科学者ペイン・ハミラーの意識がひそんでいると思われるにしても。

そのとき、多数の未知宇宙船がエネルギー圃場の最外縁に展開していると、探知士が連絡してきた。

アンが問われて答えるには、アルマダ部隊の艦だろうという。グレイのアルマダ作業工と共同でエネルギー圃場の管理にあたっている部隊らしい。だが、どの種族かは知らないそうだ。

それでもローダンはアンに、通信コンタクトをとってみるよう提案した。エネルギー圃場にいる難船者がアルマディストだとわかれば《バジス》にも助かるチャンスが生まれるかもしれない。

アルマダ第一七六部隊の司令官はやってみたものの、むだだった。応答はない。

「こちらの呼びかけが聞こえたところで、信じないだろう」と、アン。「無限アルマダの艦がエネルギー圃場の深部に入ってくるなど、想像できないだろうから。アルマダ作業工が見張っていることを度外視してやってくるような、ふざけたアルマディストはいない」

救われるかもしれないという希望は、またもついえた。

シグリド人技師のズーが、グーン・ブロック二機と《バジス》とのエネルギー・コンタクトが成立したと報告してきた。異エネルギーがメタグラヴ・エンジンにどういう影響をおよぼすのか。その瞬間を待つ司令室の空気が張りつめる。

どうなるか、だれにもわからなかった。

最悪の場合、《バジス》は破壊されてしまうかもしれない。だが、ローダンは最後まで考えるのはやめた。

「この実験を許可するわけにはいきません！」ハミラー・チューブがいきなり発言した。

「なんだと？」ローダンは茫然とした。深刻な問題がなければポジトロニクスが意見を述べないことは、もちろんわかっているのだが。

「ブリキ箱め、なんのために全員があくせくしてリスクをおかしたと思ってるんだ？」ジャヴィアがどなる。

「《バジス》が拿捕《だほ》される恐れがあります」ハミラーの答えだ。

司令室の宙航士たちは当惑して目を見かわした。ジェルシゲール・アンもまた、ハミラーの言葉をどう受けとるべきかわからないようだ。

「もっとくわしく説明してもらいたい」と、ローダン。

「よろこんで、サー！」ハミラーはそういうと、わざとらしく間をおいた。こうした種類のコンピュータでは、どう考えてもありえないことだ。「シグリド人たちはグーン・ブロック二機のスイッチを操作することで、最終的には《バジス》を自分たちの望む方向へ引っ張ろうとしています」

アンはからだをそびやかした。トランスレーター経由ですべての言葉を理解したのだ。

「なんと恥知らずな名誉毀損《きそん》か！」と、激昂する。「そちらが不信感を克服できないのなら、われわれは……」

そこで口をつぐみ、こんどは考えこむようなしぐさをした。

それからうめき声をあげ、

「オプ！」と、あえいだ。「ターツァレル・オプだ！」

「どうした？」ローダンが訊く。

「オプが技師ズーに通信で指示したにちがいない。わたしの不在中になにかよからぬことをたくらみ、軽率にもズーに命令を出したのだ。おおいに考えられる」

おちつけ、と、ローダンは自分にいいきかせた。アルマディスト二千五百名が愉快な気持ちで船内にいるとは思っていない。だがそれでも、この状況でなにか妨害が入れば危険がいや増すだけではないか。とにかく時間がないのだ。

「ズーに伝えてくれ」と、アンに要求した。「ハミラーが納得するようにスイッチ操作を変更しろと」

すでに通信装置のところにいたアンは、まずシグリド人たちの滞在場所につなぐと、オプと話をした。オプは上官にかくれて指示を出したことを否定したが、アンが罵詈《ばり》雑《ぞう》言《ごん》をならべて厳罰に処するとおどすと、ようやくズーに入れ知恵したと白状した。

「無限アルマダのためを思ってやったのです」と、弁解する。「あなたがそちらへ行ってずいぶん時間がたちました、司令官。そのあいだにどの程度、異人に感化されたか、わかったものではありません。テラナーのなかには超能力者もいますから」

「きみがそうしたいなら、司令室にこい」アンは提案した。「わたしにかわって脱出作戦のなりゆきをここから観察すればいい」

「わかりました」オプは淡々と応じる。

アンはもうひと言、ののしり文句をぶつけると、通信をズーに切り替えた。

「ターツァレル・オプの命令はすべて却下だ」と、伝える。「アルマダ牽引機は《バジス》を動かすためだけに使え。それでわれわれも救われるのだから」

「そのあとは、どうなるのです？」技術者が問いただす。「《バジス》が動いたあと、グーン・ブロック二機をどうすればいいので？」

アンは助けをもとめるようにローダンを見た。

「いちばんいいのは、必要なくなった時点でそのまま宇宙空間に放出することだろう」と、ローダンは巧みに答える。

シグリド人司令官もすぐに了承した。ズーはグーン・ブロック二機のスイッチ操作を変更すると約束。これでまた貴重な時間が失われる。ローダンはブラックホールの引力が体内のすみずみにまでおよんでいるように感じられた。助かる可能性があとどれくらいあるのか、ハミラー・チューブにたずねることはやめておく。

ようやくズーがすべてととのったと伝えてきた。

「これで満足か、ハミラー？」ローダンは訊いた。

「とんでもありません」コンピュータの答えだ。「しかし、われわれには手段がないという事実にかんがみたなら……」

ローダンは急いで手を振り動かし、ハミラー・チューブをさえぎった。

「もういい。あとで話そう。船内機器がグーン・エネルギーに反応しないよう、操作してくれ。それから、メタグラヴ・エンジンが作動するかどうか見たい」

ハミラーはそれ以上、反論しなかった。

《バジス》のエネルギー供給システムがいまどうなっているのか、だれにもわからない。科学者チームでさえ、具体像を描くことはできなかった。

ローダンは思わず、血液型が一致するか調べないまま負傷者に輸血しているような気分になった。

目を閉じる。知らず知らずのうちに、爆発が起きてすべてが無に帰する光景を想像してしまうから。

ところが、なにも起きない。

苦痛に満ちた沈黙の一分間が過ぎて、ハミラー・チューブがふたたび報告してきた。

「グーン・エネルギーはわれわれにも有効でした。あとはメタグラヴ・エンジンがどう反応するか、それをたしかめるだけです」

「だったらそうしてくれ、たのむから！」ローダンは文字どおり懇願した。

＊

外側観察スクリーンにはまだ《ボクリル》の残骸がいくつかうつっていた。ジェルシゲール・アンはそれを見ると、自艦の悲惨な運命を思いだしてしまう。オプの勝手な行動に対する怒りはすっかり消え、まだ脱出できるかどうかもわからないのに、今後のことに思いを馳せた。テラ船にとどまれないことはわかっている。緊張状態がずっとつづき、やがて争いが生じるだろうから。部下たちの性格は知ってのとおり！《バジス》の船内規則を無条件に守るはずはない。自分たちが思うようなやり方を押し通すだろう。

だったら、どうすればいいのだ？

われわれがいまいるのは、無限アルマダのなかでも、中央後部領域・側部三十四セクターからはるかにはなれたポジションだ。無限アルマダ内におけるこれまでのポジション配置がまだ有効かどうかもわからない。ほかの多くのアルマダ艦も《ボクリル》同様、未知の場所に漂着したのだから。

オルドバン……あるいは、アルマダ中枢を統率する何者か……は、いまだ沈黙している。

これまでほかのアルマダ部隊からの通信をほとんど受領できていない。明らかに、すべてのアルマディストがショックで混乱している証拠だ。

もしかしたら、すべて振り出しにもどるのかもしれない！

とはいえ、依然としてトリイクル9は存在する。それを本来の姿にもどすという使命があるのだ。

トリイクル9のことを考えると、自嘲の念が浮かんできた。

遠大な目標に到達したとたん、たちまちそれをまた見失ってしまうとは。

ここはテラナーがM‐82あるいはセトデポ、セトドロポオンと呼ぶ未知銀河で、トリイクル9の影もかたちも見えない。テラナーは、トリイクル9をフロストルービンとか自転する虚無とか呼んでいる。かれらにいわせれば、このとてつもない構造物は、ハイパー空間のほんの一部が通常空間に突出したものだそうだ。

それ以上のことは、テラナーも知らないらしい。

だが、トリイクル9がなんであれ……それが無限アルマダをここに吐きだし、行動不能にさせたのだ。

銀河系船団を追ってトリイクル9に突っこめという命令は、悲劇的なミスだったと思える。

しかし、アルマダ中枢がミスをするはずはない!

とにかくアンはそう信じていた。以前、一時的にせよアルマダ中枢に対して非常に批判的な態度をとり、囚われの身となったのだが、解放されてからは信じている。

「うまくいった!」だれかが叫んだ。

テラナーは歓喜している。こちらが潜在的な敵とみなしていた男女がアンに祝意を述べ、肩を親しげにたたいてくる。

アンはおちつかなかった。

テラナーがこれほど喜びをおおっぴらにあらわすのが、そもそも気にいらない。だいいち、よろこぶのは早すぎる。アンはあえて悲観的な見方をする〝意図的ペシミスト〟なのだ。

「メタグラヴ・エンジンが反応した」ペリー・ローダンが告げる。「グーン・エネルギーから必要な推進力を得られたようだ」

アンはくぼんだ目で無表情にローダンを見て、

「いまのところ、エネルギー圃場の中心からまったく遠ざかっていない」と、文句をいう。「そうならないかぎり、うまくいったとはいえない」

そのとき、かれの言葉に運命が反論したかのごとく、いきなり船全体に衝撃がはしった。

ローダンが目を輝かせ、

「ほら、動いたぞ！」と、安堵したようにいう。

エネルギー圃場の中心と《バジス》の補強されたメタグラヴ・エンジンとのあいだで、無言の戦いがはじまった。そのようすは機器の表示でわかるのみ。テラナーの機器類を読めないアンは、かれらの感情の反応によって状況を判断するしかない。

それは希望と不安のあいだを揺れ動いている。

たぶん《バジス》はブラックホールに近づきすぎたため、その重力から脱出するのはグーン・エネルギーの助けをもってしてもむずかしいのだろう。

アルマダ牽引機は充填のさい、エネルギー圃場のどれほど奥まで行くのだろうか。知りたいものだ。

自分もほかのアルマディストたちも、アルマダ牽引機、アルマダ作業工、睡眠ブイといったグーン技術についてほとんど知らない。これは非常に不当なことではないかと、突然アンは思った。すくなくとも無思慮だといえよう。《ボクリル》の不運が証明するように。

そうした知識は、ほとんどのアルマディストに対し意図的に秘匿《ひとく》されているのか？どこかの一エリート集団だけが知っていることなのか？

それはもしかしたら、あの謎に満ちたアルマダ工兵かもしれない。表向き、工廠《こうしょう》で艦隊共通の技術を開発しているという者たちだ。

アンは思わずため息をついた。

数百万年前にスタートを切ったとき、無限アルマダはどういう状態だったのだろう？ひとつわかっているのは、現状とはまったく異なるということ！

無限アルマダという構造体はいま、見通しのつかない時空間でその姿を完全に変えてしまった。はるか昔のスタート時を知っている者がここにいたとしても、この群れのなかではほとんど勝手がわからないだろう。

ふたたびため息をついた。

アルマダ年代記にはあらゆることが記録してあるという。それをひと目見るためなら、なにをしたっていい。

アンがこうして考えをめぐらしているあいだも、《バジス》は自由を得るために巨大な力と戦っていた……全乗員の生きのこりをかけて。

＊

ジェルシゲール・アンやほかの乗員たちと同じく、ペリー・ローダンもスクリーンで経過を追っていた。この脱出作戦が失敗して乗員が死ぬようなことになれば、すべて自分の責任だ。かれらをすみやかに搭載艦にうつさなかったのだから。だがどっちみち、もう遅すぎる。いまとなっては《バジス》のハイパーコン・エンジンでしかブラックホールの高重力に太刀打ちできない。エネルギー圃場の中心部とそこでの状況を見てみたい気もするが、その望みがかなうことはないだろう。

エネルギー圃場のなかで巧みに動くすべを身につけている特殊ロボットとグーン・ブロックでさえ、中心部に近づくことはできないのだから。

それでもローダンは、エネルギー充塡のようすをこの目で見たいと思った。《バジス》がエネルギー圃場の中心から遠ざかりはじめた。最初は一メートルずつだったが、やがて加速し、ふたたび周縁部に向かっていく。そこではすでに展開中のアルマダ艦を探知ずみだから、予測のつかないあらたな危険が待ちうけているだろう。だが、たぶんなんなく逃れられるはず。

脱出がうまくいったあとのおもな問題は、どこへ向かうかということだ。

《バジス》はアルマダ部隊に周囲をかこまれている。M‐82じゅうにアルマダ艦がちらばっていると考えてまちがいあるまい。

いっそエリック・ウェイデンバーンのいうことをきいて、アルマダ炎を授けてもらうか。ローダンは皮肉にそう思った。

アルマディストになれば、とりあえず楽に進んでいけそうだ。

いずれにせよ、船内にいるシグリド人二千五百名はアルマダ炎の持ち主である。難船者を救ったテラナーに感謝の念をしめし、助けてくれるかもしれない。

なんとかして銀河系船団のほかの艦船と連絡をとりたいものだ。エネルギー圃場の外に出れば、通信状況もよくなるのではないか。

「やった！」ジェン・サリクが自信たっぷりに断言した。「《バジス》がエネルギー圃場の引力に勝ちましたよ」

「これがグーン・エネルギーだ」ジェルシゲール・アンは誇らしげだ。

ローダンはこのシグリド人司令官におおいに好感をいだいた。いつか、かれのことをもっとよく知る機会がくるといいが。

ハミラー・チューブが機器類に表示した値いを見れば、もう《バジス》にさしせまった危険がないことは明らかだ。高引力の宙域を脱している。

「アルマダ作業工だ！」ジャヴィアが叫んだ。「群れをなしている。エネルギー圃場のいたるところで作業しているグレイのやつです。発砲しますか？」

ローダンはかぶりを振った。

「迂回しろ。こちらがエネルギー圃場から出ていけば、なにもしないだろう」

ジェルシゲール・アンのことを考えてそう決定しただけではない。無限アルマダのロボットをむやみに攻撃したところで意味はないと思うからだ。《バジス》が操縦可能で防御バリアを張ることができるなら、アルマダ作業工は危険ではない。

アラスカ・シェーデレーアが司令室を出ていった。それを見たローダンは息子に合図し、

「アラスカのことが心配だ」と、告げた。「ここはもう、わたしがいなくてもだいじょうぶだろう。《バジス》がエネルギー圃場周縁部のアルマダ艦に接近しないよう、気をつけていてくれ」

ロワ・ダントンはやや困惑している。エネルギー圃場を抜けたらすぐ、あらたな環境への準備をしなくてはならないのに……と、いいたげだ。

司令室への連絡はインターカムがあればいつでも可能だし、そこから指示も出せる。いまはアラスカのそばにいてやりたいと、ローダンは思っていた。あの痩せた男が助けをもとめているように感じたのだ。

11

ばかげた考えだが、アラスカ・シェーデレーアはカピン断片がとれなければよかったと思った。

自室キャビンにもどり、せまいベッドにからだを投げだす。鏡をもう一度とりだして自分の顔を見る気はしない。体内に起きている変化のせいで、不安がますます強まっていた。

フロストルービン内部で、考えていた以上のことが起きたのだろう。

そっと顔に触れてみる。ほかの乗員たちが何度もこの顔を見ないでくれればいいのに。以前ならある意味、プラスティック・マスクのおかげで安心していられた。マスクの陰に文字どおりかくれることができたから。いまはそれもできない。世間に顔をさらすしかないのだ。

この、とんでもない顔を！

《バジス》の状況がおちついたら、みんなの注意はこちらに向くにちがいない。

いっそエネルギー圃場の中心に落ちてしまいたい！　やけになってそう思った。

だれかがドアをノックしている。

アラスカはベッドに寝たままでいた。だれとも会いたくないし、話もしたくない。

しばらくたったが、訪問者が去った気配はない。

またノックの音がした。

「ほっといてくれ！」アラスカはわれを忘れて叫んだ。

神経がまいっている。そう気づき、思わず下唇を嚙んだ。こんな状態だからといって、他人にあたりちらす言い訳にはならない。おそらくペリーがわたしの窮状に気づき、医師か心理学者をよこしたのだろう。《シゼル》に乗ったときはある程度の自由を感じたが、いまは内面のパニックが高まっている。

「アラスカ！」ペリー・ローダンの声だ。「部屋に入れてくれ。話がしたい」

シェーデレーアはベッドから起きあがった。おぼつかない足どりでドアを開けると同時に、ローダンから見られないよう顔をそむける。

「失礼しました」そう詫びると、「チーフだとは思わず……」

「かまわん」ローダンは手を振り、ドアをうしろ手に閉めた。招かれるのを待たずに歩いていき、さっさとベッドの縁に腰かける。

「わたしを見ろ！」と、アラスカに要求した。

痩せた男はこぶしを痛みが出るほど強く握った。なぐさめの言葉をかけてもらえると心積もりしていたのに。その思いがローダンへの反発におきかわる。

「こっちにこい！」ローダンがいいはった。「わたしを見るんだ、アラスカ！」

「だめです。できません」アラスカはうめく。

「いや、できるとも！」

「顔は心の鏡だという話を聞いたことはありませんか？」と、アラスカ。「こんな顔になってしまうとは、わたしの心はどういう姿をしているのか」

「長期にわたりマスクをつけていたのだ。そこにはつねにカピン断片の存在があった。時間がたてば、すべてもとどおりになる」

アラスカは真実を告げたいという思いに突き動かされた。自分を理解してくれる存在がいるとしたら、それは深淵の騎士ペリー・ローダンをおいてほかにない。

「あの組織塊が消えたあと、数回ほど、体内に電光がはしったような奇妙な感覚に襲われました。はじめは気にしなかったのですが、しだいに不安になってきて」アラスカはだれにもさえぎられまいとするかのように、早口でいっきにまくしたてた。それから息を継ぎ、つづける。「不安の原因はからだの反応よりも、未知の出来ごとに対する恐れなのです」

「だが、きみが苦しんでいるのは精神的な問題だろう。それがそうしたかたちで表にあられたのだと、自分でも気づいているのじゃないか？」

「わかりません」

「わたしを見ろ！」ローダンがくりかえした。

アラスカは顔をそむけたままでいた。いまはある程度おちついているが、じきにまたあの奇妙な感覚が襲ってくると、意識下ではわかっている。

「医療部に行って診《み》てもらったらどうだ」ローダンが提案した。

「時間が必要です。まだそんな気になれません」そう答えたアラスカは、ローダンが立ちあがって近づいてくるのがわかった。両手が肩に置かれる。

「きみさえよければ、わたしも同行する」と、ローダン。

アラスカはかぶりを振り、

「わたしの顔よりだいじな問題があるはず。《バジス》が危機的状況にあるのに、こんなところにいてはいけません」

ローダンは軽く笑い声をたてると、インターカム装置のところへ行き、小型スクリーンのスイッチを入れた。なごやかな雰囲気の司令室がうつしだされる。《バジス》はいまにもエネルギー圏場を脱出するところだ。

「すべてうまくいっている」ローダンが確言した。「無限アルマダもM－82も抜けて、銀河系船団に合流できるだろう。そうなると、きみがいなくては困るのだ、アラスカ」

シェーデレーアの腕から力が抜けた。疲れと安堵をいっぺんに感じる。もしかしたら、いまの顔も気にならなくなるかもしれない。しだいにもとどおりになるまで、辛抱強く待てるかもしれない。自分には人間らしい新しい顔を望む権利があるのだ。

アラスカはゆっくりと振り返った。

「わかりました」と、応じた。「正面から向き合います」

12　幕間劇　その三

その寒い小部屋は金属製で、人間にとっては気のめいるような雰囲気を醸《かも》しだしているが、ある完璧な技術のたまものであった。壁の一面に楕円形のスクリーンがあり、そこから宇宙空間のさまざまな光景が観察できる。

小部屋の中央には椅子がふたつあった。ひとつに何者かがすわっている。

その生物は不安で押しつぶされそうだった。からだをこわばらせ、いまにも息がとまってしまいそうなほど緊張している。

天井から情け容赦のない声が聞こえてきた。

「おまえは感知者シュコルシュだな?」

小部屋は快適な温度なのに、生物は震えはじめた。ビロードのような青い肌で、発育不全に見えるみじかい腕が四本ある。はなれてついた両目が、眼窩《がんか》のなかで狂ったようにあちこちに動いている。

あまりにおびえていて、きびしい口調の声に応じることができないのだ。

「自分がどこにいるかわかるか、シュコルシュ？」と、さらに訊かれた。

「アルマダ工廠でしょうか」ためらいつつ小声で答える。

荒々しい笑い声が天井から落ちてきた。

「アルマダ工廠について、いったいなにを知っているというのだ？　いまいる場所がおまえにわかるはずはない。さて、いくつか訊きたいことがある」

どうしてここに連れてこられたのか、シュコルシュにはわからなかった。かれの種族はみな感知能力を持ち、それを必要とするアルマダ種族の各艦に乗りこんで作業している。シュコルシュはその作業中に拉致《らち》されたのだ。アルマダ作業工に捕まり、艦内を引きずられていく途中、通廊で麻痺させられた。気がついたときには金属製の小部屋にいたが、特殊能力のおかげで自分の居場所と、だれがこんなことをしたか、すこしは推測できたわけだ。

ふたたび声が響いた。

「無限アルマダは銀河系船団を追ってトリイクル9に入り、未知銀河にいたった。そのさい、フォーメーションが乱れ、配置がばらばらになった。アルマダ中枢からはなんの連絡も指示もない。おまえの能力を用いて、これをはっきりと確認できるか？」

シュコルシュは苦痛をおぼえたかのように、金属製の椅子のなかで身をよじった。自分の答えに多くがかかっている。もし本当のことをいえば、怒濤のごとく驚きが押しよせ、おさえがたい権力欲の連帯責任を追うことになるとわかっていた。

「わたしがだれだか、わかるか？」声が上からとどろく。

シュコルシュは黙ったまま、身ぶりで否定をしめした。

「ショヴクロドンだ！　おぼえておけ。これから先、無限アルマダで重要な役をはたすことになるのだからな」

感知者は勇気を奮い起こし、こういった。

「わたしにとって重要なのはオルドバンだけです」

椅子が熱を帯び、ちいさな生物の全身にはげしい痛みがはしった。自分のなかにある力がすべて、おのれを苦しめるために使われているような感じだ。ようやく熱が引くと、シュコルシュはぐったりしてくずおれた。

「オルドバンは動きを見せないではないか！」不可視の者は叫んだ。「アルマダ中枢はなにもいってこない。われわれがトリイクル9にいるあいだに、なにかが起きたのだ。確認できるか？」

どのみち万全の状態でなかったシュコルシュの抵抗力は、完全に消えた。こんなみじめな気持ちになったのははじめてだ。無限アルマダ全体に大きな災厄が降りかかろうとしているのはまちがいない。

「できます」と、ちいさな声で答える。「アルマダ中枢は沈黙しています」

「アルマダ部隊の各種族はどうしていいかわからず、不安をいだいている。そうだな？」

「そうです！」

「つまり、力の空白が生じている？」

「それはたとえ感知者でも、ひろく見てまわらないと断言できません」シュコルシュはいった。「わたしに確認できるのは、いまいるアルマダ部隊とその近傍の状況についてのみ」

　おさえた笑い声がして、

「おまえがいまいると思っている場所からはとうにはなれたのだぞ、感知者」

「わたしはこれからどうなるので？」ちいさな虜囚は訊いた。

「こちらの役にたってもらう」と、苦痛をあたえる者。

　シュコルシュは目を閉じた。

「黒い雲が見える……」と、トランス状態でつぶやく。「そこで長く機会をうかがってきた勢力が、無限アルマダを支配しようとしています。ずっと水面下でアルマダ中枢に抵抗してきましたが、いま堂々と姿をあらわし、じゃま者はすべて排除する気でいます」

「そのとおりだ」不可視の者は平然といった。

青いビロードの肌をした生物は椅子にもたれ、緊張を解いた。まばらなまつげの奥にある目がリラックスして見える。感知者種族は追いつめられると、死んだように硬直してしまうのだ。この状態はポジティヴなメンタル流によってしか変えられない。こういう奇妙な静止状態になった場合、必要なエネルギーを得られないまま、二度と目ざめないこともよくある。

シュコルシュは自分の行為がもたらすリスクをよく知っていた。

それでも、意識をたもった状態で不可視の者とともに今後のなりゆきを体験するのは、耐えがたかったのだろう。

「おろかなやつめ!」無慈悲な声が響きわたる。

すぐに金属製の小部屋にアルマダ作業工が二体あらわれ、硬直状態のシュコルシュをつかんで引きずっていった。

13

エネルギー圃場の周縁部には、大きさもさまざまな箱形船が一万五千隻以上、展開していた。いずれもアルマダ牽引機をそなえており、まちがいなく無限アルマダのメンバーだとわかる。

そのうち数隻は《バジス》が自由宇宙空間に近づくと、ポジションを変更。銀河系船団の指揮船に向かって驀進《ばくしん》してきた。

無限アルマダのどの種族がこの宙域を担当しているのか、ジェルシゲール・アンも知らない。したがって、コンタクトをとるとは約束しなかった。

「この種族はアルマダ作業工と協力してエネルギー圃場の監視と管理にあたっている」と、シグリド人司令官が説明。「こちらがアルマディストかどうか詳細にたずねることなく、攻撃してくるだろう。トリイクル9への突入後、アルマダ中枢からなんの指示もないことで、いらだっているはずだし」

ウェイロン・ジャヴィアは回避機動をとりはじめた。《バジス》はもう完全にコントロール下にあると、船長みずから宣言している。このあいだにグーン・ブロック二機は、巨大搬送船によってふたたび放出され、エネルギー圃場にもどっていた。アルマダ作業工が回収したにちがいない。たぶん再充塡ののちに修復され、またべつのアルマダ部隊の役にたつのだろう。

タウレクにとり、無限アルマダの非凡な共通技術システムは魅力的だった。こうしたシステムを構築するにはどういう能力が必要か、概要をつかめるからだ。

司令室にローダンがもどってきて、黙ったまま自分のシートに腰をおろした。どこへ行っていたのか全員が知っているが、アラスカ・シェーデレーアとなにを話したか訊く者はいない。

「異なるアルマダ部隊からの通信シグナルをいくつか受領した」と、ジャヴィア。「ジェルシゲール・アン、あなたなら内容がわかると思うが」

「あとで見てみよう。まずはオプと部下たちのところへ行く。待っているから」シグリド人司令官は答えた。

「それがいいぜ」グッキーが賛成する。「テレパシーで探ったかぎりじゃ、シグリド人たちのムードはあんましよくない。エネルギー圃場でのことを個人的な敗北だと思ってる連中がかなりいるんだ。脱出できるはずないと思ってたんだろうね」

イルトのいうとおりだと、タウレクも確信していた。シグリド人たちはまず新しい状況に慣れる必要がある。かれらは《バジス》の幹部にとり、厄介な重荷になるかもしれない。

アンが司令室を出ていった。淡褐色の防護服はまだ着たままだ。

「筋の一本通った男ですね」と、ジェン・サリクがコメント。「いつの日か《ボクリル》の全乗員が種族と再会できるといいのですが」

タウレクは司令室にいる男女の反応を見たが、かならずしもアンに好感をいだいている者ばかりではなさそうだ。多くの顔がサリクの言葉に拒否反応をしめしている。シグリド人を恐れているのだ……その出自と異質性のゆえに。

タウレクは大全周スクリーンに目をやった。物質の泉の彼岸を出発したのはそう遠い昔のことではない。あのときは、こんな運命が待っているとは思いもしなかった。これほど早くM-82に……危険な敵の権力範囲に、いきなり行きつくことになるとは。

スクリーンにうつるM-82の可視領域を見ると、星々のきらめくごくふつうの銀河のようだ。その中に一カ所、輝く物質の雲がある。千百五十万年前にここで起きたカタストロフィの規模を推測させる、唯一のものだ。

あとにしてきたエネルギー圃場は、もうスクリーンではほかの個所とほとんど区別がつかない。

いかに危機的な状況だったか、タウレクは正確に知っている。

「ひとつ知りたいことがある」ローダンの声が意識に飛びこんできた。「アルマダ中枢が無限アルマダに、こちらを追ってフロストルービンに突入しろと命じたのはなぜだろう。われわれはそれほど重要な存在なのか？　あるいは、危険が生じる恐れについて意識がたりなすぎたのか？」

タウレクは曖昧《あいまい》なしぐさをし、

「アルマダ中枢がなんなのか、そこでだれが指揮をとっているのか、わからないうちは答えは出ない」と、応じた。「伝説のオルドバンが本当にいるなら、かれなりの理由があって命令を出したのだろう」

「いつかオルドバンに会えるかな？」グッキーが割りこむ。「どんなやつか見てみたいや。あんなたくさんの艦船をどうやって動かしてんだか」

ローダンはほほえみ、

「だれもがそう思っているさ」と、認めると、「いったいなにが、アルマディストたちをとてつもない行動に駆りたてたのか？」

タウレクは真剣な顔でふたりに訊いた。

「オルドバンの命令がまだ有効かどうか、考えたことはあるか？　アルマダ中枢はわれわれを追えと進撃の合図を出したのち、沈黙している。つまり、命令はいまなお有効ということ。全体の状態がおちついたなら、アルマダ部隊はそれを思いだすだろう。どこで《バジス》や銀河系船団のほかの艦船を見つけようと、かならず追ってくるぞ」

「でも、攻めてはこないだろ!」グッキーが自信たっぷりにいう。

「無限アルマダ内でなにが待ちうけているか、すべてわかるのか?」と、タウレク。

「すでにエネルギー圃場で死ぬ思いをしたではないか。さらなる危険があるのは確実だ。銀河系船団のなかでも《バジス》は巨大だからいいが、ほかの艦船はどうする?」

「可及的すみやかに見つけなければならんな」ローダンだ。「危機を乗りこえるには、銀河系船団が一丸となる必要がある」

タウレクはふたたびスクリーンを見た。M-82にひろがる物質のヴェールと星々とのあいだで、無数の探知ずみポイントが色とりどりに光っている。無限アルマダの艦隊だ。このはてしないひろがりのなかで、行方不明になっている僚艦船はどこにいるのか?

運命はこちらに味方していないらしい。

タウレクは決心した。フロストルービンをめぐる出来ごとに対し、おのれの任務という視点に立って介入しよう。いまはことのなりゆきに不意を突かれてしまっている。ここからはまったく新しい前提で進めていかなくては。

コスモクラートは大きな成果を期待しているだろうが、もう一度あらたに方向を決めなおす必要がある。

「ずいぶんとっつきやすくなったな、タウレク」ローダンが話しかけてきた。「あなたの状況は理解できる。物質の泉のこちら側は、なにもかもすこし異なって見えるだろう。ここにはここの掟があるのだ。コスモクラートが本気でわれわれへの協力を考えているのなら、それを学んでもらう必要があると思う」

苦い言葉だが、真実だ。タウレクはそう認めた。

宇宙のこちら側に動かぬものはなにひとつない。すべては流動的で、つねに驚きが待っている。

たぶん、コスモクラートはそのことを忘れているのだ。

あとがきにかえて

新朗　恵

笑顔はいいですね！

非常に暑かった、先日のこと。

夕飯はらくをしよう、と、天丼弁当を買って帰りました。外の持ち帰り用のレジで会計を済ませると、「どうぞ、店内でお待ちください」と言われ、「やった！」と嬉しくなりました。お弁当を待ってる間、冷房があるところにいられる！　と、嬉しくなるほど、あの晩は暑かった。

冷房のついた店内、でもあげものをあげてるせいか、室内はキンキンに冷えているというわけではないんですよね。それでも嬉しいです。外はムシムシでしたから。

ほっとして座るやいなや、「よろしかったら、どうぞ！」と冷茶がでてきて、ほんと、生き返る心地でした。

すると、やはりお弁当待ちの先客が冷茶をグイッと飲み干して、おいしそうに「ぷはー！」と息をつきました。大きな音で、でも中学生の男の子のような素直な反応だったので、こちらもつられてしまいました。

「ありがたいですよねぇ」

すると、先客はニコーッと笑って、その笑顔がよかった！　若い人が顔ぜんぶで笑うっていいなあ、なんて思った次第。


申し遅れました。

ローダン・シリーズの翻訳チームに加わった、新朗恵（あろう　めぐみ）です。

わたしはむかしむかしのこと、十年ばかり、ドイツ、スイス、ハンガリーにいました。学んだあと、働いていたのですが、ちょうど十八歳から二十七歳のころ。

やはり若かったので、あのころは日本の良さがさっぱりわからず、でしたが、この天丼チェーン店の例をとっても、「いやー、世界一、サービスがいいんじゃないか、ニッポン！」と思います。

数年前に旅行したときのこと。

四週間、ベルリンのマンションに滞在していたため、料理をするためによくスーパーで買い物をしました。あるとき、スーパーで小麦粉の場所を聞いたら、びっくりしました。「いま、することがあるの！」と女性店員が大声で言うんですね。そりゃ、たしかにクッキーを並べていらっしゃいましたけど、そういう人にしか物の場所って聞けないじゃないですか⁉

ドイツといっても、いたのはずっと南ドイツ。ベルリンってずいぶん違うなあと、あのときはおもわず、脅威、もといカルチャーショックを感じました。それと比べると、日本はまるで別世界ですね。天国といっていいかもしれません。スーパーでどこになにがあるか聞くと、たいていは、いましていた仕事をぱっとやめて、その場所まで案内してくれるわけですから。

もちろん、考えようによっては、怒鳴られたのはいいことでもありました。「日本のサービス精神は当たり前じゃない」と改めてわかっただけではなく、ベルリンではおかげで、話しかける前に念入りに店員さんを見るようになり、怒らなそうな人、いいひとそうな人を探すようになりました。そんな能力、自分にあったんだ！と思いました。

レストランで水やお茶が無料っていうのも、特筆に値しますよね。

でもドイツのビールのおいしさも（というかドイツ語そのものが好き）、スイスドイツ語の方言のメロディも大好きだし、ハンガリーも面白い国でした。というわけで、若いときと違って、どっちがいいという考えでは自然となくなりました。ありがたや～。

「住めば都」と「三つ子の魂百まで」という相反する真実が、わたしの中でむくむく起き上がってきております。それに、国が変わって外見や言葉や文化が変わっても、人がどんなとき、どうふるまうか、というところから見ると、なーんにも変わんないと感じるようになったわけです。一つの立場とか、どっちがいいっていう感じ方、考え方ではなくなりました。

どこの国に行っても、いい人はいい人だし、面白い人は面白い。何歳でも、どんな顔でも、人が笑顔になると、素敵になる。これも、国は関係ないですよね。

まさに笑顔はインターナショナル！

そんなことを思うようになっていたある日のことです。本ローダン・シリーズの翻訳チームへのお誘いがありました。

いろいろな姿かたちの宇宙人たちがでてきて、外見ではいっさい差別しない。インターナショナルどころか、インターコスモの世界が繰り広げられているではありませんか。まさに、ぴったり。

SF自体はじめて読みましたが、人類っていいなあ、と読む巻、読む巻、ほろり、ジーンときています。

一難去ってはまた一難。これも人生そのものだ！

なんて思って、とても嬉しく思っています、ローダン・シリーズへのお誘い。

今回ははじめてのご挨拶を、ということで、天井弁当から始めてしまいました。

いや、でも普段は天井弁当はあまり食べません。

好きなのは、日本酒を飲みながらお刺身。ワインを飲みながらフレンチ。このどちらかが、マイごほうびです。ごほうびなので、たまにですね。これは日本に帰ってきて、はじめて知った大人の世界。

あとは旅行が好きです。二十年あまり、ほぼヨーロッパばかり巡ってきた。それもほとんどドイツとスイスばっかりだったので、いまは日本を中心に旅行をするのが楽しみです。

もう二年前になりますが、沖縄の青の洞窟へ、シュノーケリングをしたのは楽しかったです。はじめてだったので、けっこう緊張して前の晩はよく眠れませんでしたが、びっくりするような美しい世界でした。それにそれほど運動が得意ではないわたしにもできましたので、きっとみなさんもお楽しみいただけると思います。

図に乗って、今年は四国の四万十川にて、カヌーくだりをしました。ひとりで、パドルもってすいすいくだっていく、あれです。

これまた「転ぶかな？　大けがするかな？」と、かなり心配してましたが、転ぶこともなく、川もツアーもすいていて、貸し切り状態。のんびりとした夢のような体験でした。コンタクトレンズは転覆したら、外れるからというので、眼鏡を新しく作って出かけましたが、まったく転びませんでした。単にラッキーだったのかもしれません。コツは初心者コースに徹して、無理をしないことかもしれません。

四万十川をカヌーでくだる。これ最高です。四国にお出かけの方はトライなさってみてはいかがでしょう?

四国そのものがかなり、お勧めです。料理もおいしいし、山も川も海もあるし、うどんはおいしいし、川魚もおいしいし、お刺身は最高だし、人が優しい。

そんなわたしの、行きたいはずなのに、なかなか行けないでいる場所は、ケニアとカナダとアイスランドです。ケニアで野生動物を見てみたい。カナダでオーロラ。アイスランドで泥温泉。これ、もう十年以上、言ってます。

数年以内に、いや、十年以内に、あとがきで「行ってきました!」と言うつもりです。

どうぞ、よろしくお願いいたします。

女王陛下の航宙艦

ARK ROYAL

クリストファー・ナトール
月岡小穂訳

今ではほぼ現役を退いて、問題を起こした士官の配属先になっていたイギリス航宙軍初の戦闘航宙母艦〈アーク・ロイヤル〉に出撃命令が下った。辺境星域の植民惑星が突如謎の戦闘艦に攻撃を受けたというのだ。「サー」の称号を持つ七十歳の老艦長が、建造後七十年の老朽艦とともに強大な異星人艦隊に立ち向かう！

HM=Hayakawa Mystery
SF=Science Fiction
JA=Japanese Author
NV=Novel
NF=Nonfiction
FT=Fantasy

宇宙英雄ローダン・シリーズ〈554〉

致死線《ちしせん》の彼方《かなた》

〈SF2146〉

二〇一七年十月 十 日 印刷
二〇一七年十月十五日 発行

（定価はカバーに表示してあります）

著 者 クルト・マール ウィリアム・フォルツ
訳 者 新朗恵《あらろうめぐみ》 星谷馨《ほしやかおり》
発行者 早川 浩
発行所 株式会社 早川書房

郵便番号 一〇一 - 〇〇四六
東京都千代田区神田多町二ノ二
電話 〇三 - 三二五二 - 三一一一（大代表）
振替 〇〇一六〇 - 三 - 四七七九九
http://www.hayakawa-online.co.jp

乱丁・落丁本は小社制作部宛お送り下さい。
送料小社負担にてお取りかえいたします。

印刷・信毎書籍印刷株式会社　製本・株式会社川島製本所
Printed and bound in Japan
ISBN978-4-15-012146-4 C0197